もののけ本所深川事件帖
オサキと江戸の歌姫

高橋由太

宝島社文庫

宝島社

もくじ

周吉（しゅうきち）
オサキモチ。
本所深川の献残屋・鵙屋の手代。
不思議な能力を持つ。
通称〝野暮な手代さん〟。

市村竹四郎（いちむらたけしろう）
本所深川いろは娘の抱え主。

お琴（おこと）
鵙屋の一人娘。
目鼻立ちのはっきりした、
本所深川小町。

本所深川いろは娘（ほんじょふかがわいろはむすめ）
江戸中で人気を博する十人組の歌組。

不動（ふどう）
竹四郎と本所深川いろは娘の用心棒。

柳生蜘蛛ノ介（やぎゅうくものすけ）
老剣士。柳生新陰流の達人。

安左衛門（やすざえもん）
鵙屋の主人。

しげ女（しげじょ）
鵙屋のおかみ。安左衛門の妻。

侘助（わびすけ）
本所深川を縄張りにする岡っ引き。

小太郎（こたろう）
唐人神社に棲む狐。正体は九尾狐。

オサキ
周吉に憑いている妖狐。升屋の油揚げが好物。

もののけ本所深川事件帖　オサキと江戸の歌姫

序

八百万《やおよろず》の神というだけあって、日本にはあらゆる神様がいる。菅原道真《すがわらのみちざね》や徳川家康《とくがわいえやす》のように死後、神として祀《まつ》られる例もある。

本所深川《ほんじよふかがわ》の外れにある唐人《とうじん》神社に祀られているのは、小糸《こいと》という一人の女人であった。

唐人神社の名を知らなくとも、そこに祀られている〝唐人小糸〟と呼ばれた娘の悲話を知らぬ者は、本所深川どころか江戸中を見渡しても滅多にいない。

小糸が生まれたのは、四代将軍・家綱《いえつな》の時代の、日本橋《にほんばし》の外れにある吹けば飛ぶような小さな薬種問屋で、店の名を糸屋《いとや》といった。早くに母親を亡くし、小糸は父と二人で暮らしている。

骨身を削って働かなければ看板を守れぬ日本橋では、老若男女、誰もが気を張り無理をして暮らしている。百姓は日没とともに寝て、夜明けとともに働き出すが、眠らぬ金を扱う商人に夜も昼もない。何日も不眠不休で働く者など珍しくもない。それだけに病気になる者も多かった。

病人が多いのだから、薬種問屋というのは儲《もう》かる商売である。そのおかげと言っていいか分からぬが、糸屋も大店《おおだな》には程遠い、たいして奉公人もいない小さな店だったが、扱っている薬はよく売れ、食うに困ることはなかった。

もちろん、生き馬の目を抜く江戸、それも日本橋のことで、儲かっている商売はすぐに真似《まね》されるものと相場が決まっている。小商いだけに糸屋も、年がら年中、真似されていた。目と鼻の先に、似たような構えの店を造られたこともある。

しかし、糸屋の商売が苦しくなることはなかった。

そのからくりは簡単な話である。小糸の父・市兵衛《いちべえ》が商売上手であったわけではない。他の薬種問屋が扱うことのできぬ珍しい薬を売っていたのだ。

「みんな長崎屋《ながさきや》さんのおかげだよ」

市兵衛は毎日のように言っていた。

長崎屋というのは、日本橋本石町《ほんごくちょう》にある阿蘭陀《おらんだ》宿にして幕府御用達《ごようたし》薬種問屋である。阿蘭陀商館長、つまりカピタンの定宿とされていた。

鎖国により異人を締め出したはずの徳川幕府が貿易相手として、入国を許可していたのが阿蘭陀人だった。

阿蘭陀は、幕府の嫌うキリシタンの布教には手を出さず貿易にのみ専心していた。阿蘭陀人が貿易で獲得した利益も莫大《ばくだい》であったと言われている。

貿易を認める代わりに、幕府は〝御礼〟の義務を課した。

この江戸への御礼は「カピタンの江戸参府」と呼ばれ、寛永《かんえい》十年、三代将軍・家光《いえみつ》のころには定例化している。

長崎屋は宿を提供する代わりに、カピタンから幕府公認のもと、進物を受け取り、それを売りさばいていた。異国の文物はどんなに高い値をつけても、瞬く間に売り切れるのが常だった。

しかも、後の世であるが、享保《きょうほ》二十年、西暦でいうところの一七三五年には、長崎屋は唐人参《からにんじん》、すなわち長崎を通じて持ち込まれる万病に効く人参の専売となる。長崎屋に立ち打ちできる薬種問屋など、日本中さがしても一つもない。

その長崎屋の主人・源右衛門《げんえもん》が、なぜか市兵衛を気に入り、長崎でしか手に入らぬ珍しい薬を分けてくれたのだ。もちろん、唐人参のような高価な薬を分けるわけではなかったが、それでも〝長崎の唐人妙薬〟として売り出せば店の前に列ができた。

小糸も色の白い美しい娘で、看板娘なんぞと呼ばれていた。

そんなある日、源右衛門が糸屋の暖簾《のれん》をくぐった。

　源右衛門の姿を見て驚いたのは市兵衛である。日頃、懇意にしているとはいえ、世話になっているのは糸屋であり、実際、源右衛門みずからが糸屋にやって来たのは初めてのことだった。いつも糸屋にやって来る番頭や手代も、源右衛門の後ろに控えている。どうにも仰々しい。

　市兵衛は貧しい百姓のように痩せこけた肌の浅黒い貧相な男だった。どこをどう見ても日本橋に店を構える旦那には見えない。やり手揃《ぞろ》いの長崎屋の奉公人たちと比べても、見劣りする。

「呼んでくだされば、伺いましたものを……。わざわざ、お越しいただいて、あいすみません」

　ぺこぺこと下っ端の奉公人のように頭を下げている。

　一方の源右衛門は年のころは市兵衛と同じ四十そこそこであろうが、大商人《おおあきんど》らしい押し出しのいい男である。

「糸屋さんにお願いがあって来たのですよ」

　見かけとは裏腹に、源右衛門の物腰は日本橋の商人らしく柔らかい。しかも、源右衛門は市兵衛ごときに頭を下げて見せた。よほど言い出しにくい用件らしく、源右衛門はいつまでたっても頭を上げようとしない。

幕府御用達の大商人に頭を下げられて、市兵衛は慌てる。

「いつも世話になっている長崎屋さんに、頭なんぞ下げられては……。あたしにできることなら、何でも言ってください」

「本当かね、糸屋さん」

源右衛門が顔を上げた。先刻まで頭を下げていたとは思えぬほどの貫禄《かんろく》がある。

「ええ、できることなんぞ、たいしてありはしませんが」

市兵衛はしどろもどろに返事をする。

「小糸ちゃんを奉公に出してくれませんか」

源右衛門は言ったのだった。

「奉公ですか……」

市兵衛は曖昧な返事をする。

これが普通の女中奉公であれば、何の問題もない話である。他人様《ひとさま》の飯を食うのは悪いことではない。

ましてや、格式の高い長崎屋に奉公できるなら行儀見習いにもなり、父親としては願ったり叶《かな》ったりである。

「そんな――」

しかし、長崎屋で人手が足らぬという話なんぞ聞いたことがなかった。さらに、源右衛門の様子を見るに、ただの女中奉公とは思えない。

市兵衛は話の先を促す。

「奉公と申しますと――」

源右衛門の代わりに、右後ろに控えていた白髪頭の番頭が口を開いた。

「大切な長崎屋のお得意様が、身のまわりの世話をする娘をさがしております」

「お店《たな》のお得意様ですか」

寒気にも似た嫌な予感で、市兵衛の背筋が凍りつく。

「お得意様は唐人でございます」

さらに話を聞けば、小糸を唐人の妾《めかけ》に差し出せということらしい。

「そんな」

市兵衛は言葉を失う。鬼の嫁にくれてやれと言われた方が、まだましであったかもしれぬ。

カピタンの一人が、どこぞで小糸の噂《うわさ》を聞き、江戸にいる間だけでも妾にしたいと言っているらしい。

唐人の妾になんぞなった日には、婿取りどころか、日本橋で小糸が暮らすことすらできなくなってしまうだろう。親として首を縦に振れることではない。

「そいつだけはご勘弁くださいまし」

年貢の取り立てに怯《おび》える貧しい百姓のように、市兵衛は許しを請う。

「無理を承知で頭を下げているんですがね」

源右衛門が不快そうな顔をしたが、いくら長崎屋の頼みでも娘を差し出すわけにはいかない。畳に額を擦りつけるようにして、この場は帰ってもらうことになった。

「後悔なさいますよ」

冷ややかに言い放った源右衛門の声が、不吉な予言のように市兵衛の耳にいつまでも残った。


長崎屋頼りの商売をしていた糸屋は困り果てた。

ろくに薬種を仕入れることもできず、まともに売りものの薬を並べることもできない。店には閑古鳥《かんこどり》が鳴いた。たまに客が来ても売るものがないのだから、商売になろうはずがない。

あっという間に暮らしの目処《めど》さえ立たなくなってしまった。

店を手放しても、四十近い市兵衛に職のあてなどあろうはずがなく、いずれ小糸と二人で首をくくるのは目に見えていた。

(娘を殺して、自分も死のう)

と、心に決めかけたとき、小糸が姿を消した。

かどわかしにでも遭ったのかと、市兵衛は日本橋中をさがし歩いたが、小糸を見つけることはできなかった。

※

小糸が糸屋に帰って来たのは、姿を消してから半月後のことだった。

娘の声を耳にし、店先へ飛んで行ってみると、小糸が立っていた。小糸に付き添うように、長崎屋の主人・源右衛門の姿があった。

「おまえ、どこに行ってたんだい？」

小糸に飛びつくように駆け寄ると、市兵衛は聞いた。

「おとっつぁん……」

と、返答に困っている風情の小糸に代わり、源右衛門がしたり顔で話し出す。

「助かりましたよ、糸屋さん」

「へえ……」

嫌な予感に襲われながらも、市兵衛は曖昧な返事をする。いまだに長崎屋相手だと卑屈になってしまう。

親しげに笑みを浮かべると、源右衛門は袱紗《ふくさ》に包んだ切餅と呼ばれる一分銀百枚、すなわち二十五両を市兵衛の前に差し出した。

「これは？」

と、戸惑《とまど》う市兵衛に、源右衛門は大黒様のような愛想のいい口振りで言う。

「手付ということで、お収めください」

大金を手に満面の笑みを浮かべる源右衛門を見て、いかに鈍い市兵衛でも、何が起こったのか想像できた。

市兵衛は小糸に尋ねる。

「おまえ、まさか……」

唐人に抱かれたのかと言葉に出さず、娘の顔色を窺《うかが》った。

「だって、おとっつぁん」

小糸は泣き崩れた。もはや返事を聞くまでもない。

糸屋の窮乏を見るに見かねた小糸は、市兵衛に一言の相談もなく、長崎屋を訪ね、自分の身を唐人に差し出したのだった。

「これで糸屋は安泰ですよ」

言葉を失い、愕然《がくぜん》とする市兵衛に源右衛門は言った。


源右衛門の言葉に嘘《うそ》はなく、長崎屋の後ろ盾のもと、糸屋は急速に大きくなった。あっという間に、支店をいくつか出し、日本橋でも屈指の大店となったのであった。

立場が人を作るとはよく言ったもので、いつもおどおどしていた市兵衛も、いつのころからか、源右衛門に見劣りしない貫禄のある大店の旦那となっていた。吉原遊《よしわら》びも板につき、いっぱしの粋人気取りで、娘といくつも変わらぬ若い妾なんぞを囲っている。

市兵衛がすっかり天狗《てんぐ》になっているということもあって、大店となった糸屋を妬む輩《やから》も多く、

「糸屋は娘を唐人に差し出して財を作ったんだぜ」

「みっともない話でございますな」

と、日本橋のどこへ行っても陰口が聞こえて来た。小糸が唐人の子を身ごもっているという噂が流れたのも、このころである。〝唐人小糸の店〟と呼ばれ始めたのも、

またこのころの話である。

　衣食足りて栄辱を知る。

　大商人となった市兵衛は陰口を厭《いと》い、気づいたときには、小糸を疎ましく思うようになっていた。

　市兵衛は小糸に言う。

「本所深川へ行きなさい」

　紛《まご》うことのない厄介払いであった。

　娘が父に逆らうことなどできぬ。小糸は本所深川の外れにある糸屋の寮に移り住んだ。

　しかし、悪事千里を行くではないが、江戸と呼ぶのも気恥ずかしいような草深い本所深川の外れにまで〝唐人小糸〟という名は広まっていた。

　しかし、日本橋と違い、臑《すね》に疵《きず》持つ輩の多い本所深川の外れでは、陰口を叩《たた》く者など滅多にいない。町人たちは小糸にやさしく接した。

　そんな小糸が口遊《くちずさ》む歌があった。

　もともとは南蛮の童歌《わらべうた》であったのを、小糸を妾にした阿蘭陀下りの唐人が面白半分に大和言葉に直し、口遊んでいたものである。

本所深川の女子供たちは、この異国の歌に『十人の仔狐様《こぎつね》』と名づけ、小糸を見るたび、歌ってくれとせがむのだった。

大川堤《おおかわづつみ》に行くと、女子供に囲まれ、楽しそうに『十人の仔狐様』を歌う小糸の姿が見られた。小糸の歌を聞くために、人だけでなく、狐のような動物までもが寄って来たというが、どこまで本当のことなのかは分からない。

江戸の古い噂話を集めた瓦版に、金色の仔狐を肩に乗せて歌をうたう少女の姿が、小糸として描かれている。

※

その後、小糸がなぜ唐人神社に祀られるようになったのか、はっきりとその理由を知る者はいなかった。

そもそも、小糸は一人で本所深川にずっと居続けたのか、はたまた日本橋で流れた噂の通りに、唐人の子を産んだのかも分からない。

ただ雨の日に小糸が『十人の仔狐様』を歌うと、雨が上がったということが何度かあったのは本当らしい。

小糸の最期についても曖昧である。大雨で増水した大川で溺れた子供を救うために、小糸が命を落としたという逸話も実《まこと》しやかに残っているが、本当のことを知る者はいない。小糸に祟《たた》られることを恐れた市兵衛が、銭を出して神社を造ったという噂もあった。

とにかく、本所深川の外れに唐人神社は造られ、唐人小糸の名と『十人の仔狐様』の歌は伝わり続けている。

※

ある夏のことだった。まだ野分の季節でもないのに、本所深川に大雨が降った。いつまでたっても雨はやまず、あっという間に大川の水かさは増え、轟々《ごうごう》と不穏な音が本所深川に鳴り響いた。

本所深川では雨が多く、川が氾濫することもしばしばであっただけに、事態は深刻である。大人たちは男女問わず皆で川岸に集まり、土嚢《どのう》を積み始めた。

降り続く大雨の前には、人の努力など蟷螂《とうろう》の斧《おの》にすぎない。積み上げるそばから、土嚢は音もなく流されて行く。刻一刻と大川の水位は上がっている。誰の目にも大川の氾濫が近づいていることは明白だった。

それでも大人たちは土嚢を積み上げ続ける。早く逃げなければ、町ごと流されてしまうことくらい承知の上だろう。しかし、逃げ出す者はほとんどいなかった。

日本橋や京橋と違い、本所深川は貧しい庶民の住むところで、この土地を失っては、他に行き場などあろうはずがない。

(雨をやませてくだせえ)

大人たちは神に祈りながら、必死に土嚢を積んでいた。

雨がやむように神に祈りを捧げていたのは、大人たちだけではない。

屋根を叩く雨音に怯えた子供たちは、一人また一人と唐人神社に集まり、雨に打たれながら、

「どうか雨を止めてください。お願いします」

と、口々に祈りを捧げたのだった。小糸が『十人の仔狐様』を歌って、雨がやんだという言い伝えを信じているのだろう。本所深川では、小糸は大水避けの神として敬われていた。

さらに、言い伝えによれば、唐人神社には使わしめとして金色の仔狐が棲《す》みつき、人々の暮らしを見守っているという。子供たちは、小糸に、そして金色の仔狐に助け

を求めた。

　しかし、雨はやまない。

　大川に降り注ぐ雨はいっそう強くなり、子供たちは恐ろしさと寒さに震え上がった。泣き出してしまった子供も一人や二人ではない。

「おめえたち、泣いたら駄目だよ」

　自分だって泣きそうなくせに、年長の子供たちは泣いた子をあやそうとする。

「だって……」

　幼い子供たちはしゃくり上げる。大人でさえ絶望するほどの大雨なのだ。子供に泣くなと言う方が無理である。

　涙というやつは流行《はやり》病より感染《うつ》りやすいもので、一人二人と泣き出す子供が増えていく。先刻まで、幼い子供をあやしていた年長の子供たちも泣き出した。

　泣き声が大きくなるにつれ、雨粒も大きくなっていくのだった。

　そんな中、七つか八つの女児が唐人神社の祠《ほこら》の前に進み出た。

　本所深川に多い、貧乏子だくさんの家の長女で、唐人神社に祀られている唐人小糸と似た名を持つお糸《いと》だった。

　普段から子守り慣れしているお糸だけに、泣いている子を見て放っておけなかったのだろう。
大雨に怯えながらも、お糸は、いつも子守歌代わりに歌っている『十人の仔狐様』を歌い始めた。

十人の仔狐たちが水辺の社《やしろ》へ
　みんな仲よく、十人で遊んでた
十人の仔狐がご飯を食べに行く
　一人が喉をつまらせて、九人になった
九人の仔狐がとても夜ふかし
　一人がぐうぐう寝過ごして、八人になった
八人の仔狐が南蛮へ旅をする
　一人がそこに残ると言って、七人になった

七人の仔狐が薪《まき》を割る
　一人が自分を真っ二つ、六人になった

六人の仔狐が蜂の巣で遊ぶ
　大きな蜂が一人を刺して、五人になった

五人の仔狐が寺子屋で手習い
　一人が落ちこぼれて、四人になった

四人の仔狐が大川へ出る
　大きな魚が一人を飲み込み、三人になった

三人の仔狐が見世物小屋へ
　大きな熊が一人を抱き締め、二人になった

二人の仔狐がひなたぼっこ

　一人がじりじり焦げついて、一人になった
　一人の仔狐が一人ぼっちで暮らしていたが、
　　歌うたいと結婚して、誰もいなくなった

　ときおり、しゃくり上げながらも、お糸は『十人の仔狐様』をくり返しくり返し歌い続けた。

　子守りをさせられているのは、お糸だけではない。しかも、本所深川の子供たちにとって『十人の仔狐様』は馴染《なじ》みのある歌だった。

　まず、毎日のように子守りをしている女児たちが、お糸に続いて『十人の仔狐様』を歌い出した。

『十人の仔狐様』を歌う女児が増えるに従い、少しずつ歌声は大きくなり、やがて雨音を飲み込み始めた。

　もちろん、雨がやんだわけではなく、歌声に掻《か》き消されているだけである。依然として、雨はざあざあと降っている。

　しかし、子供たちには雨がやみ始めたように思えた。鰯《いわし》の頭も信心から。子供たちは『十人の仔狐様』に縋《すが》った。

「おいらも歌う……」

「あたいも……」

泣いていた子供たちも歌の輪に加わった。お糸を中心に、子供たちは必死に『十人の仔狐様』を歌う。

そして、一丸となった子供たちの歌声は大川にまで届いた。

何人かの大人たちは、その歌声に気づいたが、土嚢を積むのに必死で、手を止めて歌を聞く余裕もなかった。

大川の増水は留《とど》まるところを知らず、いつ町に水が流れ込んでも不思議のないところまで来ていたのだ。

「もう駄目だ……」

と、誰もが諦めかけたとき、『十人の仔狐様』の歌声がいっそう大きくなった。

「誰かが来るぜ」

町人の一人が呟《つぶや》いた。

どこからともなく、人影が『十人の仔狐様』を歌いながら近づいて来た。

厚い雨雲に覆われ、お天道様《てんとさま》は見えず、本所深川中を水浸しにするほどの大雨が町人たちの視界を奪っている。誰がやって来たのか、まるで見えなかったが、その歌声は若い娘のもののように思える。

「こっちへ来るんじゃねえッ」

大人たちは怒鳴り声を上げた。

大川が氾濫すれば、間違いなく川辺で土嚢を積んでいる町人たちは水に飲まれて死ぬだろう。どこの娘か分からぬが、わざわざ死にに来ることはない。町を守って死ぬのは大人の役割だ。

大人たちは自分の子を思いながら、こちらへやって来る人影に、早く引き返せと声をかけた。

しかし、歌声は大きくなり、人影は近づいて来る。

帰れと言っても聞かぬ娘に、町人の一人が焦《じ》れて駆け出した。与吉《よきち》という四十絡みの大工である。与吉は、昨年、流行病で一人娘を亡くしていた。

「さっさと帰れってのが、聞こえねえのかよッ」

与吉は力ずくでも娘を追い返すつもりだった。

だが、どんなに走っても、与吉は『十人の仔狐様』を歌う娘のところに近づくことができなかった。

すぐそこに娘がいるはずなのに、いつまでたっても雨に霞《かす》む影しか見えないのだ。

「いってえ、どういうこった……」

与吉は戸惑う。

そのとき、悲鳴ともため息ともつかぬ声が上がった。

「ああ、水が……」

見れば、大川から水が溢《あふ》れかけている。頼みの綱は、与吉たちの積んだ土嚢だけに思えた。

さすがに、何人かの町人が逃げかけたとき、『十人の仔狐様』を歌っていた娘らしき人影が、

ぴかッ――

――と、光り輝いた。

雨降りの薄闇の中から、娘の姿が浮き上がる。

その娘の姿を見て、町人たちは響《どよ》めいた。

「小糸……」

遠い昔に死んだはずの娘の名が、与吉の口から零《こぼ》れ落ちた。

大雨の大川に現れた娘は、瓦版に描かれた小糸の姿そのままに、右肩に金色の仔狐を乗せている。

娘は町人たちの騒ぎなど聞こえないかのように、『十人の仔狐様』を歌い続ける。伝説の小糸と思って聴くからか分からぬが、その歌声は美しく透き通っている。町人たちは言葉を失い、ただただ娘の歌声に耳を傾けた。

呆然《ぼうぜん》としている町人たちの間を抜け、娘――小糸は大川に近づいて行く。川辺に積まれた土嚢のそばまで行くと、小糸はぴたりと歌をやめた。そして、雨音だけが耳につく中、小糸は右肩の仔狐に言う。

「小太郎《こたろう》、お願い」

仔狐――小太郎は、こくりとうなずくと、蝶《ちょう》のように、
ひらひら――

――と、宙に舞い上がった。

仔猫ほどしかなかったはずの小太郎の身体《からだ》が、宙を駆け上がるたび、ぎゅんぎゅん

と膨れ上がって行く。

やがて大男くらいの大きさとなり、ぴたりと宙で止まった。小太郎の金色の身体は、小さなお天道様のようにも見えた。

いつの間にか、金色に輝く身体から、九つの尾が生えている。

「九尾の狐……」

与吉は呟いた。

九尾の狐は、もともと、唐《もろこし》の妖狐《ようこ》であったが、その強大な神通力から、日本では神として祀られている。

その九尾の狐が、小糸の右肩に乗って姿を現したのだ。町人たちの目は、九尾の狐の美しい金色の毛並みに吸いつけられる。

小太郎は、
こん————

————と、鳴き声を上げた。

とたんに、小太郎の身体が眩《まばゆ》いばかりに、いっそう光り輝き、九尾の狐を見つめていた町人たちの目が眩《くら》んだ。

目の眩みが取れたときには、上空で異変が起こっていた。一匹しかいなかったはずの小太郎が、気づいたときには九匹に増えている。

静まり返った大川の川辺に、再び、小糸の歌が響き始めた。小糸の歌を追いかけるようにして、九匹の仔狐たちが空を駆け巡る。

町人たちは大水の恐怖を忘れ、小糸の歌に聞き惚《ほ》れ、天空を駆け巡る九匹の仔狐たちに目を奪われていた。

天空も小糸の歌声に圧倒されたのかもしれない。

雨足が弱くなった。

気のせいかと思ったが、地べたを叩く雨音も小さくなっており、与吉には雨がやみつつあるように感じられた。

雨音が小さくなったためか、唐人神社から聞こえて来る子供たちの歌声が大川に溢れ始めた。歌声が大きくなればなるほど、雨は弱くなっていく。

いつの間にか、大人たちも泥まみれの姿のまま、次々と『十人の仔狐様』を歌い始めた。

与吉も祈りを込めて『十人の仔狐様』を歌った。

一人の仔狐が一人ぼっちで暮らしていたが、歌うたいと結婚して、誰もいなくなった

歌い終えると、雨がやみ雲の切れ間からお天道様が覗《のぞ》いた。少しずつではあったけれど、大川の水位が下がっていくように思えた。町人たちの間から歓声が湧き起こる。

※

その後、小糸と小太郎がどこに消えたのかは分からない。ただ、その日から唐人神社は大水除《よ》けの神様として、本所深川で、いっそうの信心を集めたという。

十人の仔狐たちが水辺の社へ
みんな仲よく、十人で遊んでた

さらに歳月は流れ、十代将軍・徳川家治《いえはる》の時代のことである。

本所深川に、ぽつりぽつりと雨が降り始めた。

冬の終わりから降ったりやんだりをくり返す雨は、本所深川から暖かいお天道様を奪っていた。

そんな寒々しい雨降りの春の夕暮れすぎ、本所深川の町人たちが忙しげに大川堤を駆け回っている。

「暗くなってきちまったぜ」

岡っ引きの侘助《わびすけ》が舌打ちする。名は体を表すの俚諺《りげん》通りに普段は温厚で腰の低い侘助が、今日にかぎって苛《いら》立っている。

江戸田舎と揶揄《やゆ》される本所深川の夜は早く、そして暗い。ましてや、雨が降っているとあれば、一寸先も見えなくなる。

この日、侘助は人をさがしていた。もちろん、お役目である。

昨晩、小桃《こもも》という名の十四歳の娘が、自死を仄《ほの》めかす書き置きを残して姿を消したのだった。

下らぬ芝居に影響されてか、江戸の町では自死やら心中やらが若い娘たちを中心に流行《はや》っていた。つらい現世に別れを告げて、あの世とやらで幸せに暮らそうという寸法なのだろう。

(馬鹿らしい)

侘助は舌打ちする。

あの世やら極楽やらを信じていないわけではないが、若い身空で現世を諦め死んで幸せになろうという考えが気に入らないのだ。

さらに、気に入らないことはあった。

「小桃はいたかッ」

「いや、こっちにはいねえッ」

「命に代えても見つけるんだぜッ」

町人たちの騒ぎ声が聞こえて来る。頼まれてもいないのに、雨の中、必死に小桃をさがし回っているのだ。

書き置きを残して姿をくらませた小桃は、ただの小娘ではない。

本所深川いろは娘――。

ここ何年か浅草《あさくさ》や両国《りようごく》で流行っている、歌をうたって銭を取る〝歌組《うたくみ》〟の一つである。

三味線、小唄、常磐津《ときわず》と江戸の町に芸達者は多い。銭があれば、芸達者な上に、抜けるように肌の白い芸者衆を呼ぶこともできる。また、吉原に行けば、遊女や芸者をはべらせ、大尽遊びだってできる。

しかし、世の中、誰もが芸者遊びのできるほど銭を持っているわけではない。吉原なんぞに行ける者は、ほんの一握りである。

雀《すずめ》の涙ほどの少ない給金でやりくりし、一時の息抜きを欲しがる者の方が多い。

そこに目をつけ、町の娘たちに歌をうたわせたのが、歌組の始まりである。敷居が低く、しがない町人風情でも、ごく気軽に歌を聴きに行くことができた。

歌組はそんな庶民に受け入れられ、今では男連中だけでなく、女子供にまでその人気は及んでいた。

これまで錦絵といえば吉原の遊女や歌舞伎役者の似顔絵が人気であったが、歌組が流行って以来、素人に毛が生えたような娘たちの錦絵ばかりがもて囃《はや》され、遊女や役者の錦絵はすっかり売れなくなってしまったという。

今回、姿をくらました小桃は、歌組の中でも一番人気と評判の〝本所深川いろは娘〟の一員である。真ん中で歌う娘を歌姫様と呼ぶが、小桃は本所深川いろは娘の歌姫様であった。

唐人小糸の生まれ変わり――。

それが小桃の売り文句であった。

歌上手で器量のいい娘ばかり十人も集めている本所深川いろは娘であるが、その中でも小桃の人気はずば抜けていた。

辰巳《たつみ》芸者の土地柄だけあって、美しいだけの娘なら珍しくはない。小桃の人気を支えていたのは、美しい歌声だった。

偶然であろうが、これまでも、小桃が歌い出したとたん、大雨がやんだことが何度もあった。

お天道様が沈むにつれ、雨足は強くなっている。ただでさえ水かさの増えている大川が不吉な音を立て始めた。このまま雨が降り続ければ、大川が氾濫し大水となりかねない。

「早く小桃をさがさねえと、えらいことになるぜ」

町人たちの慌てる声が聞こえた。小桃の行方不明とやまない雨を結びつけて考えているのだろう。

瓦版で『天の怒りを鎮める声』と書き立てられ、老若男女問わず、本所深川どころか江戸中で小桃の名を知らぬ者はいない。

町場でも、小桃の名にちなんで桃色に染めた手ぬぐいが大流行している。現に、大川で小桃をさがし回っている町人たちの首にも、桃色の手ぬぐいが巻かれている。本所深川いろは娘ではなく、小桃一人を目当てに舞台を見に来る者も多い。娘たちの抱え主である市村竹四郎《いちむらたけしろう》が、小桃を一本立ちさせようとしているという噂もあった。

そうなってしまうと、小桃は他の娘たちの妬み嫉《そね》みを買いそうなものだ。瓦版は娘たちの不仲を面白おかしく書き立てていた。

瓦版、曰《いわ》く。

『小桃一人を除《の》け者にする娘たち』

『毎晩のように枕を濡《ぬ》らす小桃は独りぼっち』

どこまで本当のことなのか知るよしもないが、舞台裏で小桃が泣いている姿を見た観客もあったという。

いつやむとも知れぬ雨の中、本所深川いろは娘はもとより、竹四郎の用心棒である不動《ふどう》までもが小桃をさがし回っていた。

雨水で濁った大川の水面を見るたびに、侘助は嫌な予感に襲われる。春には桜が咲き、夏には花火が打ち上げられる大川は、本所深川の町人たちの自慢であったが、実はもう一つの顔を持っている。

本所深川の町人たちは嫌なことや困ったことがあると、

「大川に飛び込んじまうかな」

と、軽口のように言うのが癖になっている。しかし、その言葉は洒落《しやれ》や冗談ではなかった。

死に場所として大川を選ぶ連中は多く、江戸では自死の名所として通っていた。日に何体もの死骸が上がることもあり、お役目柄、侘助は数え切れぬほどの水死体を見ている。

濁った大川の水を見ているだけで、侘助の脳裏には、大川にぷかりと浮かぶ小桃の死骸が思い浮かぶのだった。

（死ぬんじゃねえぞ）

そんな侘助の願いも空《むな》しく、四半刻後、本所深川いろは娘の一人が変わり果てた小桃の亡骸《なきがら》を見つけたと侘助のもとにやって来たのだった。

そして、この日から、後に「『十人の仔狐様』の数え歌殺人」と呼ばれることになる一連の事件が始まったのであった。

十人の仔狐がご飯を食べに行く 一人が喉をつまらせて、九人になった

1

屋根を叩く雨音に混じって、娘たちの歌声と町人たちの騒ぎ声が聞こえる。

本所深川朱引《しゅび》き通りにある鵙屋《もずや》の手代・周吉《しゅうきち》は、やたらと広い部屋の中に、一人ぽつんと座っていた。

周吉の勤めている鵙屋は武士相手の古道具屋——献残《けんざん》屋であり、周吉の生まれるずっと前から本所深川で商売をしている。

そのため、きちんと掃除はしてあるが、建物は古く、ところどころ、がたが来ている。

しかし、今、周吉が座っている部屋は畳も真新しく、造りたての建物のにおいがした。

それもそのはずで、ここは鵙屋ではない。仔狐寮と呼ばれる仕舞屋《しもうたや》風で、そのすぐ裏には、唐人神社がある。ちなみに、仔狐寮は本所深川いろは娘が暮らす場所として、娘たちの抱え主である市村竹四郎が唐人神社の裏の雑木林に造った。普段は本所深川いろは娘と用心棒の不動が暮らしている。

「何もやらないってのも疲れるものだねえ」

ため息混じりに呟いた。

すると、周吉の懐から、ぴょこんと白狐が顔を出した。

——とうとう鵙屋から追い出されちまったねえ、ケケケッ。

しかも、周吉をからかうように人語を操っている。

「追い出されたわけじゃないよ、オサキ」

からかわれていると知りながら、周吉は白狐——オサキに言い返す。

ちなみに、周吉の懐から顔を出しているのは、白狐でもなければ動物でもない。オサキという魔物である。

よく人に憑《つ》くといわれている動物にオサキと呼ばれるものがある。

「どんな動物なのか」

と、これを見た者に聞いてみると、こう答える。

「鼠《ねずみ》よりは少し大きく、茶、茶褐色、黒、白、ブチなどいろいろな毛並みをしており、耳が人間の耳に似ていて、四角い口をしている」

鼠に似ている動物で、尾が裂けているからオサキなのだそうだ。

しかし、周吉の懐で面倒くさそうに顔を出しているそれは、白狐にしか見えない。耳にしても人間の耳には似ていないし四角い口もしていない。その代わり、雪のような白銀色の毛並みをしている。

確かに尾は裂けているが、その他は狐そっくりな姿をしている。もちろん、ただの狐ではない。人語を操る魔物である。

たいていの人間は、オサキの姿を見ることもできなければ、その声を聞くこともできない。

そして、懐にオサキを飼っている周吉のような人間のことをオサキモチと呼ぶ。オサキは周吉と一緒に江戸に棲みついていた。

それはそれとして、周吉はオサキの言うように鵙屋を追い出されたわけではない。周吉が仔狐寮にいるのも、言ってみれば仕事の一つである。

本所深川いろは娘の抱え主、市村竹四郎は正体の分からない男で、あまりよい評判を聞いたことがない。

役者崩れと言う者もあれば、女衒《ぜげん》上がりと言う者もあった。正確な年齢を知る者はいないが、三十を一つ二つ出たところに見える容貌をしている。

とにかく金に汚いと評判の男で、本所深川いろは娘の稼いだ金は、一銭残らず、この竹四郎の懐に入っているらしい。

――おいらもあやかりたいねえ、ケケケッ。

本物の人でなしであるオサキがうらやましがっている。

（あのねえ……）

オサキに説教の一つもしてやろうかと思ったが、野暮で口べたの周吉は言葉に詰まってしまう。

――周吉もしっかり稼いで、おいらに油揚げの一つでも買っておくれよ。

と、逆に命令されている始末である。どこをどう見ても、魔物を自由自在に使役するオサキモチとは思えぬ周吉だった。

周吉とオサキが仔狐寮にいるのは、鵙屋を追い出されたからでも、竹四郎にあやかりたいからでもない。

鵙屋の一人娘、お琴《こと》たっての頼みであった。

――お琴はわがままで困っちまうねえ。

何もオサキが困ることはない。頼まれたのはオサキではなく周吉なのだ。

噂をすれば影が差す。

廊下から娘のものらしき軽い足音が聞こえて来た。

がらりと戸が開き、泣きべそをかいて目を真っ赤にしたお琴が部屋に飛び込んで来た。

「どうしたんで――」

と、言いかけたとき、お琴が周吉に抱きついて来た。

「お、お嬢さん……」

周吉は目を白黒させる。

歌舞伎の女形のように整った顔立ちこそしている周吉だが、中身の方は色男から程遠い。野暮が服を着て歩いていると評判の周吉だけあって、年若く美しい娘が抱きついて来たというのに、抱き返すどころか気の利いた文句の一つも言えない。

どうしていいのか分からず、ちらりと懐を見ると、オサキも目を白黒させている。

野暮な周吉の真似をしてからかっているわけではなく、二人に挟まれてしまっているのだ。

――おいら、苦しいねえ。

オサキは周吉にしか聞こえない声で言うと、ぴょんと懐から飛び出した。

そして、床に着地するると、みるみるうちに膨れ上がると仔猫ほどの大きさになった。

お琴にはオサキの姿は見えず、その声も聞こえない。オサキはオサキで、ちょこんと首をかしげ、泣きじゃくるお琴を物珍しそうに見ている。

（オサキ、助けておくれよ）

周吉はお琴を持て余し、オサキに助けを求める。

わざとらしく大きなため息をつくと、オサキは言ったのだった。

――周吉もお琴も仕方ないねえ。

2

お琴が仔狐寮で泣きべそをかくはめになった事の発端は、十日ほど前に遡る。

大工殺すには刃物はいらぬ、雨の三日も降ればいいというが、雨が降って商売にならぬのは大工だけではない。

降り続く雨のせいで、鵙屋の客足も途絶えていた。

閑古鳥の鳴く雨降りの昼下がり、市村竹四郎が鵙屋にやって来た。客ではなく、鵙屋の主人に話があるというのだ。

「面倒くさい男が来たねえ」

と、鵙屋の主人・安左衛門《やすざえもん》は商人とは思えぬ台詞《せりふ》を呟くと、それでも竹四郎を自分の部屋に通した。

四半刻ほど何やら話し合った後、お琴が部屋に呼ばれた。

それからさらに四半刻たったころの話である。周吉が奥の部屋で商品の手入れをしていると、番頭の弥五郎《やごろう》が呼びに来た。

「周吉つぁん、旦那様がお呼びだぜ」

「今、参ります」

と、返事をし、何の用だろうと安左衛門の部屋に行ってみると、お琴が泣いていた。

「周吉さん……」

涙をためた目で、お琴が周吉の名を呼ぶ。

思わず息を呑《の》んだ周吉に安左衛門は仏頂面で言う。

「お琴について行ってくれないか、周吉」

「へえ」

お琴がどこに行くのか知らぬが、奉公人としては他に返事のしようもない。

普段、お琴のお供をするのは小女《こおんな》のお静《しず》の仕事だが、小さな店ということもあって、手の空いている者がお琴やおかみのしげ女《じょ》のお供をすることもある。

「それじゃあ話は決まりだ。さっそく準備してくださいな」

竹四郎が口を挟んだ。

何の準備をするのか分からず、きょとんとしている周吉を尻目に、

「では、仔狐寮で待ってますからね」

竹四郎は言うと、さっさと帰ってしまった。買い物や習い事のお供ではないらしいと、今さら周吉は気づく。

お琴は泣いているし、安左衛門は苦虫を嚙《か》み潰して黙り込んでいる。これでは事情も聞きにくく、もののけ部屋に帰ることもできない。周吉は途方に暮れた。

それまで黙っていたしげ女が、ため息混じりに安左衛門に言う。

「そんなおっかない顔をしてないで、ちゃんと周吉に説明してやってくださいな」

しげ女の言葉を受けて、ようやく安左衛門は口を開く。

「周吉、おまえ、小桃を知ってるかね」

いくら周吉が花と鼻紙の区別をつけられない野暮天でも、本所深川いろは娘の小桃くらいは知っている。小桃が大川にぷかりと浮いてから数日がたつが、いまだに騒ぎ

は収まっていない。

その小桃と周吉の間に、何の関係があるのか分からないが、とりあえず返事をした。

「へえ、名前くらいは知っております」

「抱え主の市村様は、小桃が死んで困っているそうだ」

安左衛門は商人だけあって、出自の分からぬ竹四郎相手であろうと、「市村様」と呼ぶ。

ただ、丁寧な言葉遣いとは裏腹に、何やら気に入らぬことがあるらしく、相変わらずむっつりした顔をしている。

安左衛門が何を言いたいのか、周吉には分からない。

小桃が死んでしまい、かつて本所深川を救った〝十人の仔狐様〟にちなんだ十人娘が九人になってしまったのだから、抱え主としては困るだろう。

ましてや、小桃は本所深川いろは娘で一番人気だった娘である。

「困ってらっしゃいますか……」

周吉は首をひねる。

先刻、鵙屋から帰って行った竹四郎の様子を見るかぎり、少しも困っているように見えなかった。

それもそのはずで、商売人である竹四郎は小桃の死で一儲けしようと企んでいる。人の不幸は蜜の味。人気者の死ほど人の注目を集め、銭になることはない。

例えば、小桃の代わりに真ん中で歌う娘の決め方一つにしても、竹四郎はちゃんと商売に結びつけている。

歌舞伎役者が、しばし、紋を入れた柄ものの手ぬぐいを流行させるのを見て思いついたのか、竹四郎も本所深川いろは娘にちなんだ手ぬぐいを売り出した。

本所深川いろは娘は小桃をはじめ、色にちなんだ名前を持っている。

娘の名の色に染めた手ぬぐいを売ったところ、人気歌舞伎役者の流行手ぬぐいをしのぐ当たりとなったのであった。町を歩けば、色とりどりの手ぬぐいを首に巻いた連中の姿が目に入る。

これに味をしめた竹四郎は、小桃の後役を決めるときにも、歌姫様選びにかこつけて、手ぬぐいを売ろうとしていた。

つまり、残った九人の名前にちなんだ色とりどりの手ぬぐいを並べ、最も売れた色の名を持つ娘を新しい歌姫様に据えようというのだ。

手ぬぐいなんぞ貰《もら》い物で十分という本所深川の男どもが、贔屓《ひいき》の娘に肩入れし、先を争うように安くもない手ぬぐいを何本も買った。

――竹四郎さんは商売上手だねえ。

魔物も感心するほどの手腕であった。

売れる物なら何でも売ってみせるのが商人であるが、その意味からすると、竹四郎は紛れもない商人だった。

九人の本所深川いろは娘だけで、新しい歌姫様の座を争わせてもそこそこの儲けになるところを、竹四郎はさらにもう一工夫した。

本所深川小町と評判のお琴の投入である。

実のところ、竹四郎は小桃が生きていたころから、お琴に目をつけていたという。周吉は知らなかったが、これまでも安左衛門に何度か、

「お琴お嬢さんをあたしに預けちゃくれませんか」

と、頭を下げに来たことがあったらしい。

そのとき、安左衛門は頑として首を縦に振らなかった。

「娘を芸人にするつもりはございません」

お琴自身も、人前で歌をうたうことを嫌がっていた。

本所深川どころか、江戸中の娘の憧れの的である本所深川いろは娘に入ることを嫌がる娘がいると思わなかったのだろう。そのとき、竹四郎は怪訝《けげん》な顔を見せたものの、

素直に引き下がった。

しかし、今回はやり手の商人らしく、安左衛門が断れない方法で、本所深川いろは娘入りの話を持ちかけて来た。

竹四郎は安左衛門とお琴、それにしげ女を前にして言ったという。

「唐人神社の祭りに、鵙屋さんも協力してくれませんか」

こう言われてしまっては、地元で店を構える安左衛門は断ることができない。

小桃が死ぬ前から降っていた雨は、いまだにやまない。大水に怯えて本所深川から避難する町人の姿も、ちらりほらりと見られるようになっていた。

そんな中で行われる唐人神社の祭りなのだ。嫌と言えるはずがなかった。

しかも、かつて大水を防いだと言われている『十人の仔狐様』を、本所深川いろは娘は祭りで歌うことになっている。殊に今回は大雨を鎮めるため、半月もの間、祭りを開くというのである。

「みんな雨で困ってますからね」

白々しい顔で竹四郎は言った。

大水除けの祭りというのは建前で、竹四郎がこの機会を利用して大儲けを狙っていることは誰もが知っている。

竹四郎は、この祭りの半月の間に最も手ぬぐいを売った娘を、小桃に代わる新しい歌姫様として抜擢《ばってき》すると宣言していた。

ただ一番人気の小桃が欠けたということもあり、

「本所深川いろは娘も、もうおしめえだな」

という噂もちらりほらり聞こえている。

次の唐人神社の祭りを最後の舞台とし、本所深川いろは娘が解散するという噂まで流れていた。

並の商人なら、小桃の葬式《とむらい》代わりに娘たちに歌をうたわせ、大いに儲けて終わるところだが、竹四郎は一味も二味も違う。この祭りを機会に、新しい本所深川いろは娘に注目を集めさせ、大々的に売り出そうというのである。

そして、その新しい本所深川いろは娘の目玉として白羽の矢が立ったのが、本所深川小町のお琴というわけだった。

3

「周吉さん、わたし、鵙屋に帰りたい」

よほど本所深川いろは娘として舞台に立つのが嫌なのか、お琴は周吉に抱きついて泣いている。

　肩の一つも抱いて、やさしい文句をかけてやるのが色男の役どころであるが、残念なことに周吉は見映えがいいだけの野暮天である。

　二枚目役者のような気の利いた文句など、思いつきもせず、ひたすらおろおろとしている。

「お嬢さん、泣かないでください」

　これが精いっぱいの台詞だった。子供のお守りだって、もう少し気の利いたことを言えるだろう。しかも、周吉ときたら、

（オサキ、何とかしておくれよ）

と、しきりに懐の魔物に泣きついている始末である。

　――面倒くさいねえ。

　オサキはオサキでやる気がない。人の子だって、他人の色恋に興味のない者は多いのだから、魔物に助けを求める周吉の方が間違っている。

　――お琴を連れて逃げちまえばいいと思うよ、おいら。

　オサキは適当なことを言う。

（あのねえ……）

そんなことをしていると、再び、がらりと戸が開いた。

見れば、本所深川いろは娘で一番のしっかり者と言われている千草《ちぐさ》が立っていた。

娘たちの中で、最もきつい性格をしている。

千草は皮肉いっぱいの口振りで言う。

「お取り込みのところ悪いですけど、お琴姉さん、ちゃんと歌ってくださいな」

自分より年上には〝姉さん〟をつけて呼ぶのが本所深川いろは娘の決まり事であるらしい。

千草はお琴より二つ三つ年下の十六、七であったが、まるで意地の悪い小姑《こじゅうと》のような口をきく。どこまで本当か分からない町の噂や瓦版によれば、小桃にも辛く当たっていたようだ。

千草はきつい口振りのまま言葉を続ける。

「それから、男遊びは控えてくださいね」

「男遊びだなんて」

きっと睨《にら》みつけながら、お琴が言い返す。

いくら気が強いと言っても、お琴は商人の堅気の娘にすぎない。舞台慣れしている千草に敵《かな》いやしない。

実際、睨みつけられようと、千草は平然としている。

「本所深川いろは娘では色恋沙汰は御法度ですのよ、お琴姉さん」

色恋沙汰は芸の肥やし。

遊女はもとより、三味線や琴など芸事で身を立てる女たちは、誰にも増して浮き名を流した。

町娘でさえ、恋多き女は珍しくない。

そんな中、竹四郎は本所深川いろは娘の色恋を禁じた。

一見すると、年ごろの娘の恋心を禁止するのは難しいようだが、本所深川いろは娘は世間と隔絶され、娘たちばかりで仔狐寮で暮らしている。世間と交わると言えば、舞台で歌うときと、信心から唐人神社の掃除をするときくらいのものなのだから、むしろ恋をする方が難しい。

仔狐寮から逃げ出そうと思えば逃げ出せただろうが、逃げたところで学も、手に職もない娘たちである。食っていけるはずもない。

そもそも本所深川いろは娘は、幼いころに銭で竹四郎に買われた娘たちの集まりだった。言ってみれば、女郎や見世物小屋の因果者と同じ立場である。竹四郎に逆らえる立場ではない。

険悪な二人の娘の間に割って入るように、周吉は千草に聞いてみる。

「何か、ご用ですか」

まさか、お琴に嫌味を言いに来たわけではあるまい。

「食事の用意ができたそうですわ。お琴姉さんに周吉さん」

わざとらしいくらいの丁寧な口振りで、千草は言った。

ちなみに、仔狐寮での食事は、赤狐の間と呼ばれる大広間で一斉に取ることになっている。

仔狐寮は仔狐というだけあって、大人数が暮らす割りに、ちんまりとした建物だった。大広間は赤狐の間と、控え室代わりに使っているこの白狐の間、それに娘たちが寝泊まりしている仔狐の間の三つだけだった。

ときどき、竹四郎が出入りする他は、本所深川いろは娘と不動だけで暮らしている。

4

「その方が目立つでしょう」

竹四郎は誰にともなく言った。

千草としては、身を売ったわけでもない商人の娘・お琴が、本所深川いろは娘として注目を浴びるのが面白くないのだろう。

言うまでもないことだが、芸で身を立てる者は源氏名を使うことが多い。

本所深川いろは娘の中にも、源氏名を使っている娘はいる。

色にちなんだ名を売りにしている歌組なのだから、本来であれば、お琴も色のつく源氏名で舞台に立つべきである。

しかし、竹四郎はお琴の名のまま、本所深川いろは娘の舞台に立たせるつもりらしい。

竹四郎は明らかに、お琴に肩入れしている。

歌姫様を決める手ぬぐい一つにしてもそうであった。

他の娘たちの手ぬぐいは、名前にちなんだ色に染めてあるだけなのに、お琴の手ぬぐいには琴柄の模様があしらわれていた。しかも、小桃の手ぬぐいを転用したからなのか、下地は桃色である。

「お琴が新しい歌姫様になるんだろうな」

と、町人たちが噂するのも当然のことだった。

周吉の目から見ても、お琴がその気にさえなれば、本所深川いろは娘の歌姫様になるのは確実に思えた。

しかし、お琴はあからさまに嫌がり、舞台に立つだけで、決して歌おうとしないのだ。普段であれば、踊りも見せる本所深川いろは娘だが、大水除けの神事という建前のためか、踊ることなく、切々と歌うばかりだけの舞台である。いっそう歌わないお琴が目立つ。

本来ならば、観客が怒り出しても仕方がないところであるが、庶民人気というのは不思議なもので、ただ立っているだけのお琴が評判になっていた。

「明日は歌うと思うぜ」

「おう、そいつは楽しみだな」

と、歌わぬお琴目当てに人が集まるのだ。

実際、唐人神社の境内に作られた舞台の上でも、愛想を振り撒《ま》きながら必死に歌う九人の本所深川いろは娘を尻目に、怒ったような困ったような顔で立ち尽くすお琴の姿はやたらと目立っていた。

もちろん、お琴手ぬぐいも飛ぶように売れている。だが、

（どうして歌わないのかねえ）

周吉は首をひねる。

確かに、見かけによらず古風なところのあるお琴だが、往生際の悪い娘ではないし、地元の商家の娘らしく、今までだって祭りにも協力的だった。

それなのに、今回にかぎっては、まるでわがまま娘なのだ。

口を開けば、鵙屋《いえ》に帰りたいという言葉が飛び出す。面と向かって言えやしないが、千草がお琴を嫌うのも当然に思えた。

普段のお琴を知っている周吉としては、どうにも解せない。

（誰かに脅されているのかね）

お琴を脅しそうな相手としては、歌姫様の座を争っている本所深川いろは娘くらいしか思い浮かばないが、娘たちに脅されて黙っているお琴ではあるまい。そもそも、娘たちと知り合う前から、お琴は歌いたがっていなかった。

そんなことを考えながら歩いているうちに、周吉とお琴は食事をする大広間の近くまで来た。

すでに食事が並べられているのか、部屋に入る前から香ばしいにおいが漂っている。周吉の腹の虫が、ぐるると鳴った。

お琴が泣きべそをかいているのに呑気《のんき》な話だが、生きていれば腹くらい減るのだから仕方がない。

腹が減るのは、人の子だけではないらしい。

——いいにおいがするねえ。

大広間から漂って来る香ばしいにおいに誘われたかのように、周吉の懐からオサキがぴょんと飛び降りた。

普通の人間にはオサキの姿も見えないし、声も聞こえない。しかし、堂々とされては気が気じゃない。すぐ近くにお琴がいるのだ。

(静かにしておくれよ、オサキ)

周吉は言うが、オサキは聞いてない。

——やっとご飯が食べられるねえ。

ちょこちょこと赤狐の間へと歩いて行く。

オサキが張り切っているのには理由がある。

神社の敷地にある寮だからなのか、この仔狐寮の食事は肉はもちろん、魚も使わぬ精進料理だった。野菜料理も旨《うま》いが、豆腐料理——中でも、油揚げを使った料理は魔物も夢中になるほどの旨さである。

——おいら、不動さんはいい人だと思うねえ。

オサキは言うが、この魔物が好きなのは不動ではなく油揚げであろう。

周吉もオサキのことを笑えない。二十歳をすぎたばかりの周吉はすぐに腹が減る。泣きべそをかきながらも、赤狐の間にやって来たところを見ると、お琴も腹が減っているのだろう。

周吉はオサキを追い越すようにして、大広間の襖《ふすま》を開けた。

九人の本所深川いろは娘たちが、一斉に周吉を見た。すでに全員揃っているが、箸をつけていないところを見ると、周吉とお琴を待っていたらしい。野暮で、若い娘に弱い周吉は、十八個の目線に圧倒される。

「へえ……、遅れました。あいすみません」

しどろもどろに謝るだけで精いっぱいだった。お琴ではないが、鵙屋に逃げ帰りたかった。

そんな周吉に野太い男の声が飛んで来た。

「お二人とも早く座りなせえ。飯が冷めちまう」

不動である。

娘たちと距離を置いているのか、ずいぶん離れた部屋の隅で、不動は懐手をして立っている。

三十前の精悍《せいかん》な面構えの男で、周吉が見ても、ぞくりとするほどの男前だった。竹四郎に命じられているのか、不動が娘たちと一緒に食事をすることはない。

「歌わないくせに、ご飯だけは食べるのね」

聞こえよがしに千草がお琴に言う。

とたんに、ただでさえ元気のないお琴の顔が青ざめる。

「あたし――」

と、お琴が口を開きかけたとき、のんびりした声が飛んで来た。

「お腹が空《す》いて、目が回りそうですわ」

口を挟んだのは、十六歳の浅黄《あさぎ》である。

背丈こそ子供のように低いが、浅黄はぽっちゃりした体型をしている。ひょろりとした周吉よりも目方がありそうである。

竹四郎に「それ以上、太るんじゃないよ」と言われているらしいが、馬の耳に念仏。糠《ぬか》に釘《くぎ》。浅黄の食欲は留まるところを知らなかった。

世の中、ぽっちゃり好きが多いのか、浅黄を贔屓にする男も少なくないという。殊に年上の女房持ちの男どもに浅黄は人気があり、浅黄色の手ぬぐいはよく売れている。浅黄が歌姫様に選ばれる可能性も十分にあった。

しかし、浅黄本人は食い気ばかりの小娘で、今も膳に並んだ料理を見て目を輝かせている。お琴のこともあまり気にしていないように見える。

「早く食っちまってくんな」

不動の一言で諍《いさか》いは終わり、周吉もお琴も膳についた。

――美味しそうだねえ。

オサキがうれしそうな声で言った。

膳の上には油揚げを軽く炙《あぶ》り、刻んだ葱《ねぎ》を乗せた皿がある。オサキはその皿を狙っている。

オサキは鼻をひくひく動かしながら、上機嫌で言った。

――この油揚げは、升屋《ますや》さんの高いやつだねえ。

江戸で一番旨いと言われている升屋の油揚げは、オサキの大好物でもある。滅多に食えぬ贅沢品を前にして、オサキはうれしそうである。

――ケケケッ。

オサキが油揚げ目がけて歩きかけたとき、不意に目の前を金色の影が横切った。

次の瞬間、オサキが目を丸くする。

――おいらの油揚げがなくなっちまったねえ。

オサキが悲しそうな声を出す。今さらであるが、なくなったのはオサキの油揚げではなく、周吉の膳である。

(食べちゃったんじゃないのかい)

周吉はオサキに言う。

一瞬で油揚げが消えたように見えたが、何しろ近くにいたのは魔物のオサキである。何をしでかすか分かったものではない。

——ひどい周吉だねえ。

と、オサキが口を尖《とが》らせたとき、どこからともなく、人ではない何かの声が聞こえて来た。

——油揚げって美味しいなあ。

ふと視線を落とすと、いつの間にやら、周吉の膝の上に握り拳ほどの小さな金色の仔狐が乗っている。

オサキの油揚げを盗んだのはこの仔狐らしく、口のまわりに油揚げの食いかすをつけている。

本所深川といえば、人よりも狐狸獺《こりかわうそ》の多いところである。狐が出たくらいで驚きはしない。

しかし、金色の狐はただの狐ではなかった。金色の仔狐が馬鹿丁寧に、ぺこりと頭を下げた。

——ご馳走《ちそう》さまでした。

仔狐は人語を操った。オサキと似たり寄ったりの魔物の類である。

——周吉、化け物だよ。化け物がいるねえ。

オサキが自分のことを棚に上げて騒ぎ立てる。

——化け物じゃないよ。小太郎だよ。

周吉は仔狐——小太郎の姿をまじまじと見る。

この仔狐が、かつて小糸と一緒に本所深川を大水から救ったと言われている小太郎であった。九尾の狐という話だが、見たところ尻尾は一本しかない。日吉《ひえ》の猿、八幡《やわた》の鳩と同じく、小太郎が唐人神社の使わしめなのだろう。

——おいらの油揚げが食われちまったねえ……。

オサキは嘆いた。

5

食事を終え、お琴とオサキとともに白狐の間に帰って来ると、窓際の床几《しょうぎ》に、おかしな人形が一列に並んでいた。

仔狐の顔をしているが、なぜか女の着物を着ている。しかも、その着物は一つ一つ色違いになっていた。

指折り数えると、十体もの仔狐人形がこちらを見ている。

「ご贔屓から貰った本所深川いろは娘の人形よ」

そう言ったのは浅黄だった。

他の娘たちより一足早く食べ終わり、仔狐の人形を白狐の間に並べていたらしい。

人気者の本所深川いろは娘だけあって、贔屓からの贈り物も多いという。

――おいらは人形より油揚げの方がいいねえ。

結局、油揚げを食いそこなったオサキが、八つ当たり気味に文句を言っている。

「あたしは食べ物の方がうれしいんだけどね」

浅黄がオサキと同じようなことを言い出した。

「食い物は貰わないんですか」

周吉は聞いてみる。どこぞの金持ちが贔屓の相撲取りに米俵を贈ったという話はよく聞くので、歌い手も似たようなものかと思ったのだ。

周吉の質問に、浅黄は珍しく渋い顔を見せ、

「食べ物は竹四郎様が捨てちまうんですよ」

と、いかにも悔しそうに言う。

——へえ、もったいないねえ。

オサキは目をぐるぐる回すが、訳を聞いてみれば、竹四郎が口に入る贈り物を捨てるのももっともだった。

つまり、一見、旨そうに見える食べ物でも傷んでいることもある。ましてや、贈って来るのは見知らぬ輩だ。石見《いわみ》銀山の鼠捕り薬が食べ物に混ぜられていることもないとは言えぬ。

「あたしだったら、毒なんて平気なのに」

自信たっぷりに無茶なことを呟くと、浅黄は部屋から出て行った。

そして、白狐の間には周吉とお琴、それにオサキの三人だけとなった。

ぼんやり十体の仔狐人形を見ていると、食事中、一言も口をきかなかったお琴が口

を開いた。

「鵙屋に帰りたい」

くり返し言うところを見ても、お琴は本気らしい。

——おいらも帰りたいねえ。

油揚げを小太郎に取られて、へそを曲げているオサキがお琴の尻馬に乗る。周吉だって、苦手な若い娘ばかりの仔狐寮なんぞにいたいわけではないのだが、勝手に帰ることなどできない。


今となっては大騒ぎするだけの祭りであるが、言うまでもなく神事である。特に、今回の唐人神社の祭りは、しつこく、しとしとと降り続く雨をやませるための神頼みの色合いが濃い。

竹四郎に言わせると、本所深川いろは娘は、神に仕える巫女《みこ》ということになる。

「せめて祭りの間くらいは、俗世間と離れてなければなりません」

と、鵙屋でも、竹四郎は言っていた。

娘たちに巫女衣装を着せて歌わせたりしているところを見ても、ただの客寄せ・人気取りの方便であろうが、神事の決まりと言われれば逆らうことはできない。

江戸っ子は祭り好きと相場が決まっている。

いつもの祭りであれば、オサキが大よろこびするほどの食い物屋台が並ぶところだが、唐人神社の境内には本所深川いろは娘の錦絵と手ぬぐいを売る屋台が見えるだけだった。物珍しさから最初は周吉も舞台を見に行っていたが、今は仔狐寮でお琴の帰りを待っていた。

――つまらないねえ。

オサキはそう言うが、いまだに雨が降り続き、いつ大川が氾濫するか分からない中での祭りなのだから仕方がない。

本所深川いろは娘も、昼と晩の二度にわたって『十人の仔狐様』を歌うことになっていた。

「他の歌もうたいたいわねえ」

呑気者の浅黄はそう言っていたが、建前は雨をやませる神事である。本所深川の町人たちも本所深川いろは娘が、昔語りになっている夏の大水を防いだ『十人の仔狐様』を歌い続けることを望んでいた。

結局、お琴も祭りの間は唐人神社に行くとき以外は、仔狐寮の敷地から出てはならないことになっていた。

「決まりを破ったら、本所深川は大水で沈みますよ」

駄目を押すように竹四郎は言った。
——そんなの嘘だと思うねえ。
周吉だって、そう思う。
しかし、迷信だと簡単に割り切れないのが、人間というものである。大水除けの唐人神社の仕来《しきた》り
殊に、本所深川には信心深い連中が多く住んでいる。大水除けの唐人神社の仕来り
を、お琴が破ったと噂になれば賜屋が本所深川で商売できなくなることもあり得る。
お琴だって、そのことを承知しているから、泣きべそをかきながらも、仔狐寮から
逃げ出そうとしないのだろう。
——面倒くさいねえ、ケケケッ。
魔物が言った。
お琴が唐人神社の舞台へ行ってしまい、周吉が白狐の間で、ぼんやりしていると不
動がやって来た。
不動は、いわば本所深川いろは娘の裏方なので、なるべく舞台には近づかないよう
にしているようだ。これだけの男前で、しかも娘たちと一緒に寝泊まりしていれば、
浮いた噂の一つも流れそうなものだが、まるでそんな様子はない。そのくせ、娘たち

に慕われているようにも見える。とにかく不思議な男である。

不動はいつもの無愛想な顔で周吉に言う。

「ちょいと手を貸してくれやせんか」

「へえ」

商人らしく周吉の腰は軽い。

不動は用件も言わず、踵《きびす》を返すと、さっさと歩き出してしまった。ついて来いということだろう。心なしか不動の背中が緊張しているように見える。

(何の用事かねえ)

周吉は首をひねる。

――ご飯の味見だと思うねえ、おいら。

懐でオサキが気楽なことを言っている。オサキのことだから、ずらりと並んだ油揚げ料理を思い浮かべているに違いない。

不意に、もう一つの魔物の声が聞こえた。

――違うよ。

いつの間にやら、小太郎が周吉の右肩にちょこんと乗っている。オサキと同様、小太郎の姿も、普通の人の目には見えぬらしい。

――また、小太郎だねえ。

オサキがうんざりとした声を出す。

本当に本所深川を大水から救ったかどうかは別にして、唐人神社のお狐様なのだから悪い狐ではないと思うが、神出鬼没の上、小太郎が何を考えているのか、周吉には分からなかった。

とりあえず、周吉は小太郎に聞いてみる。

(何があったんだい)

――行ってみれば分かるよ。

小太郎は教えてくれない。

――意地の悪いお狐だねえ。

オサキがため息をついた。

6

不動に連れて行かれた先は、つい先刻、食事を取ったばかりの赤狐の間だった。

――やっぱり味見みたいだねえ。

オサキはうれしそうに言うと、警戒するような目で小太郎を見た。また、油揚げを盗られると思っているのだろう。

――だから、ご飯じゃないよ。

周吉の右肩の上で小太郎は言う。やはり小太郎は何かを知っているらしい。

――うるさい小太郎だねえ。

懐からオサキが言い返す。

――うるさくないよ。オサキの方が、ずっとうるさいじゃないか。

小太郎も負けていない。

魔物二匹の喧嘩《けんか》が始まりかけたとき、がらりと赤狐の間の襖が開いた。

すぐそこに不動が立っている。

もちろん、ただの人間にすぎぬ不動には、オサキと小太郎の姿は見えていないはずである。

不動は周吉に言う。

「中に入ってくださいませんかねえ」

不動としては丁寧な言葉を使っているつもりなのだろうが、周吉の耳には脅されているようにしか聞こえない。

――不動さんはおっかないねえ。

と、オサキが言うと、すかさず小太郎が言葉を返す。

――不動はいい人だよ。

同じ狐の化け物の姿をしているのに、二匹の相性が悪いのか、ことごとく衝突している。

(二人とも静かにしておくれよ)

周吉はため息をつく。オサキだけでも手に負えないのに、なぜか、小太郎にまで懐かれてしまったらしい。

この二匹の相手をしていては、いつまでたっても話が進まない。

周吉はしつこく言い争うオサキと小太郎を無視して、赤狐の間に足を踏み入れた。

とたんに、倒れている娘の姿が周吉の目に飛び込んで来た。

「え……」

周吉は言葉を失った。

――あれは浅黄だねえ。

オサキはのんびりした口振りで言うと、周吉の懐から、ぴょんと飛び降り、とことこと倒れている浅黄のところへ歩いて行く。小太郎もオサキに倣った。

——うん、浅黄だよ。

脳天気なもののけ二匹の話し声を尻目に、周吉の腕にぞわりぞわりと鳥肌が立って来た。

——寝ているのかねえ。おいらも眠いや、ケケケッ。

オサキは笑っているが、誰かが眠りこけているだけで、他人を呼ぶような不動でもあるまい。

「浅黄さん、どうかしたんですかい」

周吉は聞く。ようやく口から言葉が出て来た。

「死んじまったみてえだ」

他人事のように不動は言った。

「まさか……」

不動の返事を想像していたくせに、周吉は戸惑いながらも重ねて聞く。

「病気ですかい」

竹四郎の用心棒と娘たちの世話係を兼ねている不動は、どこで身につけたのか、簡単な医者の知識も持っている。少なくとも、娘たちに持病があるのなら、不動は承知しているはずである。

周吉の問いに、不動は首を振る。

「病気じゃねえ」

「え？　じゃあ……」

その後の言葉が続かなかった。オサキと小太郎も黙って、不動の言葉を待っている。

きりきりと胃の腑《ふ》が痛くなるような沈黙の後、不動は言ったのだった。

「殺されている。毒だ」

皆の食事が終わった後、残った食べ物をつまみに来るのが浅黄の日課だったという。

食い意地の張った浅黄らしい話である。

見れば、食いかけのまんじゅうが浅黄の右手に握られている。不動はそのまんじゅうのにおいを嗅ぐと言った。

「まんじゅうに毒が入ってやがった」

――もったいないねえ。

オサキが言った。

7

相変わらず、しとしとと雨が降っていた。

周吉の見送る中、不動は浅黄の亡骸を乗せた大八車を引いて行った。

周吉が手伝ったのは、浅黄の亡骸を大八車に乗せることだけで、後は何もかも不動が一人で始末するというのだ。

「すぐ近くに無縁塚がありやすから」

そこに浅黄の亡骸を捨てるということだろう。

割り切れない心持ちで、周吉は遠ざかって行く雨の中の大八車を見ていた。

銭で売り買いされた娘など、湯飲み茶碗と少しも変わらない。錦絵になるほどの吉原の花魁《おいらん》でさえ、病になって医者に診てもらえることはあまりなく、死んでしまえば、大抵は投げ込み寺の無縁塚に打ち捨てられるだけである。

鴫屋の奉公人にすぎない周吉だって、似たり寄ったりの立場なのだ。家族同然にかわいがってくれる鴫屋夫婦であるが、本当の家族ではない。いつ見捨てられても文句は言えぬ奉公人である。いつまでも雨を降らせ続ける鈍色《にびいろ》の空のように、周吉の心はずっしりと重くなる。

ほんの少し前、浅黄の亡骸を見て、番所に走ろうとする周吉を不動は止めた。

「騒ぎを起こさねえよう市村様に言われている」

周吉に見せつけるように、不動の懐からは匕首《あいくち》が覗いている。力ずくでも、周吉を番所に行かせぬというつもりだろう。

ここで浅黄が殺されたとなると、犯人は仔狐寮にいる誰かということになり、舞台どころではなくなると言うのだ。

「でも――」

と、食い下がる周吉に不動は言った。

「あんた、他の娘たちを殺すつもりか」

「殺すって……」

思いがけぬことを言われ、周吉は口ごもる。不動の言っていることの意味が分からなかった。人殺し扱いとは穏やかではない。

しかし、聞いてみれば、至って簡単な理屈だった。

庶民というのは熱しやすく、飽きやすいものである。一見、天下無双の人気を誇っているように見える本所深川いろは娘にしても安泰というわけではなかった。

『女房と畳は新しい方がよい』

と、諺《ことわざ》にあるくらい、大昔から、男というやつは若い女、新しい女が好きなようにできている。

殊に、本所深川いろは娘の大流行以来、雨後の筍《たけのこ》のように似たような連中が、にょきにょきと現れては話題になっていた。

それでも本所深川いろは娘が人気者でいられたのは、竹四郎の商才もさることながら、やはり小桃の存在が大きかった。

本所深川どころか江戸中から『天の怒りを鎮める』と評判の小桃の声を真似できる娘など滅多にいるはずがなかった。小桃の声を聞くために、江戸中から人が集まったのである。

しかし、小桃はもういない。

今回の舞台が上手《うま》くいかなければ、本所深川いろは娘の先行きが暗いことは誰にでも分かる。どんな代償を払ってでも、成功させなければならないのだ。

「それは分かりますが……」

と、なおも躊躇《ためら》う周吉に、不動は冷たい口振りで言う。

「人気がなくなれば、捨てられちまうんですぜ」

竹四郎は本所深川いろは娘の親ではなく、金儲けを生業《なりわい》とする商人なのだ。金を稼げなくなった娘たちを養うはずがない。

手に職もなく、今の今まで歌うことしか知らぬ娘たちが、生き馬の目を抜く江戸に放り出されて、まともに生きていけるとは思えなかった。

「放り出しはしねえさ」

不動は言った。

もちろん、助けてやるという意味ではない。

「女は銭になる」

食えない百姓や商人が、娘を女郎宿に売るなど珍しい話ではない。どこまで本当の話か分からぬが、食い詰めた旗本が娘を吉原に売ったという話もある。銭で売り買いされた歌うたいの娘が女郎宿に売られたところで、誰も驚きはしない。

浅黄の死を表沙汰にすれば、今回の舞台は中断ということもあり得、結果的に本所深川いろは娘を女郎宿に追いやることになりかねないのだ。

言葉を失った周吉を尻目に、雨の中、不動は浅黄の亡骸を乗せた大八車を引いて、仔狐寮から遠ざかって行った。

※

生温い雨に濡れた身体をぬぐいもせず、白狐の間に戻ると、八人になった本所深川いろは娘が窓際に集まっていた。

「どうかしたんですか」

周吉が声をかけると、千草が無言で仔狐の人形を指さす。

――いなくなってるねえ。

オサキが懐で首をかしげた。

見れば、十体並んでいたはずの人形が九体になっている。消えたのは浅黄色の着物を着た仔狐人形だった。

九体の仔狐人形の前に、ぺらりと文字の書かれた一枚の和紙が置かれていた。

「これ、小桃ちゃんの字みたい……」

千草が独り言のように呟いた。

和紙に目を走らせると、『十人の仔狐様』の歌詞の一節が、あまり上手でない女文字で書かれていた。

十人の仔狐がご飯を食べに行く
一人が喉をつまらせて、九人になった

九人の仔狐がとても夜ふかし
一人がぐうぐう寝過ごして、八人になった

1

食うことと寝ることだけが楽しみという無趣味な人間は、老若男女を問わず、世の中、意外に多い。

食うことを楽しみにしていたのが浅黄なら、寝ることを楽しみにしていたのが、十八歳になったばかりの蘇芳《すおう》だった。

本所深川いろは娘の中でも蘇芳の人気は高かった。着物のよく似合う雅《みやび》な京風の美人で、少し前までは小桃より人気があったくらいだという。

ただ、蘇芳には欠点があった。とにかく怠け者なのだ。歌の練習も手を抜き、暇さえあれば昼寝をしている。

当然のように蘇芳の歌は聞くに耐えず、日に日に人気は落ちていた。

それでも、京好みの男というやつはいるもので、蘇芳色の手ぬぐいは順調に売れているらしい。

浅黄が毒で死んだことを不動から聞かされ、ぴりぴりと疑心暗鬼な空気が広がる中、蘇芳だけは呑気に大欠伸《おおあくび》をしていた。

千草は蘇芳を見咎《とが》める。

「蘇芳姉さん」

「何どすか？」

ぴりりと歯切れのいい千草とは逆に、蘇芳の言葉はのんびりしている。

ちなみに、蘇芳は京生まれではなく、京風美人として売り出すため、竹四郎の命令で京言葉らしきものを使っているだけである。実のところは、本所深川の下町生まれで、江戸の町から出たことすらないという。

「浅黄ちゃんと仲よかったのに、平気なんですね」

年の順でいえば、蘇芳十八歳、千草十七歳、浅黄十六歳である。千草は年上の蘇芳相手でも容赦をしない。

「小桃ちゃんと浅黄ちゃんがいなければ、蘇芳姉さんが歌姫様かもしれませんものね」

真正面から蘇芳を犯人扱いしている。

ただでさえぴりぴりしていた空気が、真冬のように凍りつく。

それでも誰一人として千草を宥《なだ》める娘はいなかった。

「うちが人殺し？　そんな面倒なこと、しまへん」

蘇芳は欠伸をすると、白狐の間から出て行った。

そして、後には、七人の本所深川いろは娘と周吉、二匹の妖狐、それにお琴だけが残された。

気まずい沈黙が白狐の間に広がった。

しらけた沈黙を破ったのは、やはり千草だった。誰に言うでもなく、千草は言う。

「小桃ちゃんと浅黄ちゃんを殺したのは蘇芳姉さんよ」

見れば、千草の目は吊《つ》り上がっている。

――おっかないねえ。

――千草ちゃんはいい子だよ。オサキは何も知らないね。

オサキと小太郎が、いい加減なことをしゃべっている。

一方、娘たちは千草が怖いのか、下手なことを言って、火の粉が飛んで来るのが嫌なのか、誰一人として口をきこうとしない。

仕方なく、周吉が取りなすように口を挟む。

「小桃さんは自死じゃないんですかい？」

少なくとも蘇芳のせいではなかろう。

「あの子が自死するわけないでしょう」

喚《わめ》くように千草は言うと、今度は唐突にお琴を睨みつけた。

「小桃ちゃん殺しがお琴姉さんのしわざでも、驚きませんわ」

「え……？」

いきなり火の粉が飛んで来たお琴は、目を白黒させる。

「どうして、わたしが……」

千草はいっそう目を吊り上げ、すらりと伸びた右手の人差し指を槍《やり》のようにお琴の鼻先に突き立てる。

「人気者になりたかったんじゃないの」

千草は自信たっぷりに言うが、滅茶苦茶な理屈である。

そもそもお琴は商人の娘で、歌い手として人気を取る必要はない。ましてや、お琴は本所深川いろは娘として舞台に立つことを嫌がっていた。仔狐寮に来てからも、賜屋に帰りたいと泣き言を零している。

周囲を見ると、残りの娘たちも白い目でお琴のことを睨んでいる。竹四郎の言うがままに、舞台の上で歌だけうたって生きて来た娘たちにとっては、本所深川いろは娘がすべてなのかもしれない。

「仔狐人形にいたずらなんて、お琴姉さんしかやりそうにありませんわ」

千草は言う。

芸人を名乗る以上、贔屓筋に気を遣うのは当然のことである。贔屓筋から貰った仔狐人形を粗末にするのは、芸人ではないお琴くらいしかいないと、千草は言うのだ。浅黄が死んで仔狐人形が消えたとき、娘たちが騒がないのも、贔屓筋に気を遣ってのことなのかもしれない。

周吉にもお琴にも口を挟む隙を与えず、千草は言葉を続ける。

「お琴姉さんが舞台で歌えないのは、小桃ちゃんの呪いかもしれないですね」

「呪いだなんて、そんな――」

と、お琴が何やら言い返しかけたとき、がらりと襖が開き、不動が顔を出した。

「そろそろ夜の舞台の時間だぜ」

毒で死んだ浅黄の亡骸をどこぞの無縁塚に捨てて来たばかりであろうに、不動はいつもと変わりがない。

——不動さんが犯人じゃないのかねえ。

適当な調子でオサキが言うが、確かに不動であれば簡単に浅黄を殺すことができるであろう。

浅黄が毒で死んだというが、そう診断したのは不動である。亡骸を捨ててしまった以上、本当に毒で死んだのかどうかは分からない。

周吉の考えを中断させるように、不動が声をかけて来た。

「手代さん、すまねえが蘇芳を呼んで来てくれませんか」

「蘇芳さんですか」

つい先刻、昼寝をすると出て行ったばかりである。

「道具部屋で内側から閂《かんぬき》をかけてやがる。外から呼びかけてやってくんなせえ」

不動の声は渋い。

2

不動は娘たちの世話を含め、仔狐寮の雑用を一手に引き受けているだけあって、なかなかに忙しい。

それに、舞台の上の役割とはいえ、京娘を演じている蘇芳は武骨な不動を嫌っているという。

「東夷《あずまえびす》は好きません」

と、不動のことを乱暴な東国武士にたとえたりしていた。

相撲取り相手でも喧嘩で勝つほどの喧嘩上手と評判の不動であったが、若い娘は苦手らしい。本所深川いろは娘たちも竹四郎には怯えるが、不動がいても気を遣いもしない。

「娘の扱いは手代さんに任せるぜ」

不動ときたら、見かけだけ色男の周吉に押しつけるのだ。

周吉は一見すると役者顔負けの二枚目なのだが、その正体は野暮の征夷《せいい》大将軍である。天下を取れるほどの野暮天だった。娘の扱いなんぞ任せられても迷惑である。

「そんな……」

京人形のように美しい蘇芳の顔を思い出し、周吉は頭を抱える。

「あら、周吉兄さん、赤くなってますね」

千草が意地の悪い女狐のような目つきで、周吉を見る。

「もしかして、蘇芳姉さんに気があるんですか」

千草が笑うと、他の娘たちも周吉をからかい始める。色恋を禁止されているとはいえ、若い娘たちの集まりだけあって、惚れた腫れたの話は好きらしい。

死人が出た不安を誤魔化すためなのか、わざとらしいほどに、娘たちは騒いでいる。

「周吉兄さんと蘇芳姉さんなら、お似合いですわ」

「祝言には呼んでくださいな」

と、小娘らしい言葉が飛び交った。

「周吉さん……」

お琴が泣きそうな顔で周吉を見るが、野暮な周吉は気の利いた台詞を言えない。ますます赤くなっては、本所深川いろは娘の話の肴《さかな》にされている。

――へえ、周吉は蘇芳と結婚するんだ。いいなあ。

――おいらも祝言には呼んどくれよ、若旦那。ケケケッ。

魔物たちまで騒ぎ始める始末である。

「へえ、それじゃあ、蘇芳さんを起こしてきやす」

周吉は逃げるように、白狐の間を後にした。

――情けないねえ。

懐でオサキが呟いた。

平生《へいぜい》、本所深川いろは娘たちは、自分の部屋を持たず、仔狐の間と呼ばれる大広間で、全員一緒に寝起きしている。

しかし、どんなに仲のよい家族でも、時には一人になりたいときがあるもので、ましてや若い娘の集まりならなおのことである。

娘たちは皆でいることに息が詰まると、道具部屋と呼ばれる三畳ほどの小部屋へと行くのだった。

一人になりたい娘にうってつけな造りで、中から閂をかけることができた。聞けば、竹四郎が仔狐寮でも銭勘定をするために、内側から閂をかけられるようにしたらしい。贔屓筋からの贈り物も置かれていて、娘たちは貰い物の絵などを眺めながら一息ついているのであった。

娘たちの中でも、蘇芳は特に道具部屋を気に入っていたという。

——蘇芳はお昼寝が好きだからね。

右肩の小太郎が教えてくれる。

毎日のように、内側から閂をかけて昼寝をしているようだ。

——おいらも眠いねえ。

オサキが欠伸をする。

――オサキもお昼寝するの？

小太郎は聞く。

――忙しくて、昼寝している暇なんてないねえ。

オサキのいい加減な言葉を聞いているうちに、周吉は道具部屋の前に辿《たど》り着いた。

襖ではなく、出入り口は木の戸だが、それほど頑丈な造りには見えない。内側から閂をかけてあろうが、その気になれば非力な女子供でも戸を蹴り破ることができそうである。

もちろん、昼寝をしている娘を起こすのに、戸を蹴破る必要は少しもない。

周吉は戸の前から、道具部屋の中にいるはずの蘇芳に呼びかけた。

「蘇芳さん、いらっしゃいますか」

声が小さかったせいか、蘇芳の返事はない。このまま帰ってしまいたいところだが、そうもいくまい。

仕方なく、周吉は戸をどんどんと叩きながら、もう少しだけ大声を出してみる。

「蘇芳さんッ、起きてくださいッ」

やはり返事はない。

行儀が悪いと知りながら、周吉は戸板に耳をつけて部屋の中の様子を窺ってみる。しかし、部屋の中は、寝息一つ聞こえず、しんと静まり返っている。

「誰もいないのかねえ」

首をひねりながら、周吉は道具部屋の戸を引いてみたが、きっちり閂がかかっているらしく、ぴくりとも動かない。

道具部屋に窓はなく、内側からしか閂をかけられないのだから、中に誰かがいるのだろう。

周吉はため息をついた。蘇芳にからかわれていると思ったのだ。

中に蘇芳がいると分かっても、呼びかけるより他に方法がない。頼み込むような口振りで、周吉は部屋の中に声をかけ続けた。

「蘇芳さん、出て来てくださいよ」

しかし、いくら呼びかけても、部屋の中から物音一つしない。娘のいたずらにしては、少々、度が過ぎている。

ふと浅黄の一件を思い出し、周吉の心に不安が芽生えた。周吉の脳裏に、しとしとと降り続ける雨の中、不動に引かれる大八車が思い浮かんだ。

いっそう激しく戸を叩き、寮中に聞こえるような大声で蘇芳の名を呼んだ。

いっこうに蘇芳の返事は聞こえず、そうこうしているうちに、騒ぎを聞きつけて不動と娘たちがやって来た。

焦っている周吉の様子を見て、やはり浅黄のことが頭にあるのか、娘たちの顔色が青ざめている。

「周吉兄さん……」

生意気な千草でさえ心細いのか、縋りつくような声色になっている。お琴に至っては、卒倒しそうな顔をしている。

不動の野太い声が聞こえた。

「手代さん、ちょいと退《ど》いてくれねえか」

次の瞬間、不動の足が戸板を蹴飛ばした。

ばきりと乾いた音を残して、呆気《あっけ》なく道具部屋の戸板が打ち破られた。

背中を押され、周吉の身体が道具部屋の中に追いやられた。

部屋の真ん中に布団が敷かれ、蘇芳が仰向けの格好で寝ている。

いや、寝ているのではない。蘇芳の胸には一本の包丁が深々と突き刺さっていた。

蘇芳の血が布団を赤く染めている。

気が遠くなるような沈黙の中、小太郎が悲しそうな声で呟いた。

——蘇芳も死んじゃったね。

※

白狐の間に帰ると、仔狐人形が八体に減っていた。
蘇芳色の着物を着た仔狐人形が消え、再び、その代わりに歌詞が書かれた和紙が残っていた。

九人の仔狐がとても夜ふかし
一人がぐうぐう寝過ごして、八人になった

八人の仔狐が南蛮へ旅をする
一人がそこに残ると言って、七人になった

1

窓もなく、内側から閂のかかっていた道具部屋に、どんな人間だって出入りすることはできない。

蘇芳の死は自死ということになった。そう判断を下したのは、竹四郎と不動である。仔狐寮に駆けつけた竹四郎は、少しも取り乱すことなく、冷ややかな目で蘇芳の亡骸をちらりと見ると、素っ気ない口振りで、

「始末は頼みました」

と、不動に命じると、他の娘たちに声をかけるでもなく、そのまま帰って行った。

「人形だって、もう少し情があるわ」

竹四郎の姿が見えなくなると、千草が吐き捨てた。小桃の死骸が大川に上がったと

きも、竹四郎は無関心だったらしい。

「あら、千草ちゃん。だったら、市村様に言ってやればよかったのに」

と、皮肉な声をかけたのは、流れるような美しい黒髪の娘、墨《すみ》である。二十になったばかりという。

名は体を表すとはよく言ったもので、墨の髪は、墨を溶いたような美しい緑の黒髪である。

舞台では、その黒髪を、墨は結いもせず、さらさらと靡《なび》かせている。

髪は女の命とはよく言ったもので、墨の美しい髪に憧れる娘は多く、本所深川いろは娘にしては珍しく、男よりも女の贔屓筋の方が多かった。

ただ、このごろでは、何を考えたのか墨は黒髪に金箔《きんぱく》のようなものを散らし、評判を落としていた。

「南蛮人にでもなったつもりかい」

と、南蛮絵に描かれた異人くらいしか知らぬくせに、本所深川の連中は渋い顔をしていた。

今は長い髪が邪魔なのか、結い上げて墨色の手ぬぐいを頭に巻いている。

墨は皮肉なものの言い方をする娘で、千草や他の娘たちとの間にも溝があるように思える。

千草も皮肉を言われて、じっと黙っているような娘ではない。墨を睨みつけると、嚙みつくような口振りで言葉を投げつけた。

「何が言いたいのですか、墨姉さん」

「市村様は人形じゃないわ」

墨は言う。

墨の言いたいことが分からないのか、千草が怪訝な顔で聞き返す。

「はっきり、おっしゃってくださいな」

「人形は市村様じゃなくて、わたしたちでしょう」

八体になってしまった仔狐様の人形を見ると、墨は『十人の仔狐様』を歌いながら、白狐の間から出て行った。

相変わらず、陰気な雨が降り続けている。

蘇芳の亡骸を乗せた大八車を押す不動を見送っているのは、周吉とオサキ、それに小太郎だけだった。娘たちは亡骸に近づくことを嫌がった。

雨の中、不動の背中と大八車が少しずつ小さくなって行き、やがて周吉たちの視界から消えた。

——行っちゃったね。

周吉の右肩の上で、小太郎が寂しそうな声を出す。

「どうして死んじまったのかねえ」

周吉は独り言のように呟いた。

結局、浅黄の死も蘇芳の死も自死ということで片づけられた。役人には竹四郎が、鼻薬をきかせてあるのかもしれない。

人が死を選ぶ理由など、千差万別。昨日今日会ったばかりの他人がとやかく言うことではないが、周吉には腑に落ちない。

浅黄も蘇芳も、これから死のうとする様子など微塵《みじん》もなかった。しかも、二人とも手ぬぐいの売上げは順調で、小桃の次の歌姫様に選ばれることも十分にあり得た。

——だったら、誰かに殺されたんじゃないのかねえ、ケケケッ。

人でなしのオサキが軽口を叩いている。

——誰も殺したりしないよ。

小太郎が娘たちを庇《かば》う。

——そいつはどうかねえ。

オサキが意地の悪いことを言う。

「オサキ、おまえねえ」

と、口先では言ったものの、実のところ、周吉もオサキと同じようなことを考えていた。正直に言えば、本所深川いろは娘を疑っていた。

娘たちの話を聞けば分かるように、彼女たちにとって本所深川いろは娘は文字通り、人生のすべてである。

千草にせよ墨にせよ、歌姫様になれるのなら、人の一人や二人くらい殺しかねないように見える。そんな娘たちにとって、お琴は目の上のたんこぶに違いない。

娘が死ぬたびに、仔狐人形が一体ずつ消えるのは面妖であったが、周吉はオサキに見張らせようとしなかった。

オサキのいない間に、お琴が殺されてしまうことが怖かったのだ。折をみては、オサキにお琴の見張りをさせた。しかし、

――どうやって、蘇芳を殺せるのさ？

この点は、小太郎の言うように謎である。

戸板を蹴破って道具部屋に入ったとき、中には蘇芳の死体があっただけだった。歌うたいたちが暮らす仔狐寮だけあって、道具部屋には細々とした化粧道具や着物の類

が置かれているが、人が隠れるような場所はない。

確かに、仔狐寮の道具部屋も、たいていの家屋と同じように細い隙間くらいはあるが、それは米粒がようやく入れるくらいの大きさで、人が出入りするのは無理である。

「米粒ねえ」

周吉はオサキと小太郎に、ちらりと目をやる。この連中のような魔物であれば、出入りできるであろう。

――殺してないよ。

――おいらも知らないねえ。

口を揃えて否定する。人でなしの魔物だけあって、浅黄や墨を殺すこともあろうが、わざわざ周吉相手に殺してないと嘘をつく必要もない。ましてや、自死に見せかけて殺す必要などなかろう。

――忍術使いのしわざじゃないのかねえ。

オサキが講談の真田《さなだ》もののようなことを言い出す。

元禄時代に、真田幸村《ゆきむら》父子三代の活躍を描いた『真田三代記』が人気を呼んで以来、それを元にした講談が大流行している。真田昌幸《まさゆき》・幸村・大助《だいすけ》と忍術使いたちが徳川を相手に大活躍するという物語である。オサキもその講談を耳にしたのだろう。

——忍術使いなら天井裏から忍び込めるからねえ。

忍術使いはともかく、天井から中に入ることはできそうだ。まさかとは思うが、仮に天井を自由自在に歩き回れるのなら、下手人は好きなときに人を殺すことができるということになる。

——そいつは剣呑《けんのん》だねえ。

剣呑どころか、お琴も含めた娘たちの命が危ない。

「道具部屋を見に行ってみようか」

周吉は言った。

2

道具部屋の前まで行くと、立てかけられていたはずの戸が脇に置かれている。明らかに誰かが部屋に入った形跡がある。

周吉は戸惑う。

確かに道具を置いてある部屋なのだから、娘たちが出入りしてもおかしくはないが、つい先刻まで蘇芳の死体が置いてあった部屋である。いくら何でも娘たちが近寄るとは思えない。

――忍術使いかねえ。

オサキはまだ言っているが、戸を半開きにしておく間抜けな忍術使いもあるまい。

――中に入ってみようよ。

小太郎がどことなく不安そうな声で言う。

不安というものは伝染しやすくできており、いつしか周吉の心もどんより重くなっていた。

死人が続けて出るような仔狐寮なんぞにいたくなかったが、お琴を置いて逃げるわけにはいかない。

正直なところ、お琴のことを好きなのか自分でも分からないが、生まれ育った三瀬《みせ》村で二親を失った周吉にとって、鵙屋は大切な場所だった。周吉がオサキモチという化け物の類である以上、いずれ鵙屋から出て行く日がやって来るだろうが、できることなら少しでも長くいたい。

半開きになっている戸から、道具部屋の中を覗くと、真っ先にきらきら光る髪の毛が目についた。

蘇芳が倒れていたのと同じあたりに、髪の長い娘が倒れている。髪がきらきら光っているのは、舞台用の金箔のようなものを髪につけているのだろう。

顔を見なくとも分かった。

倒れているのは墨だ。

墨は舞台用の金箔を身体の周りに撒き散らし、大の字に倒れていた。首筋に包丁が刺さっている。墨の近くには、異人たちが旅をしているところを描いた南蛮絵が置かれていた。

言葉を失い、立ち尽くす周吉の目に、黒髪と一緒に波打っている何本かの白髪が飛び込んで来た。

※

白狐の間に戻ると、仔狐人形はさらに一体減り、残り七体となっていた。

もはや見慣れた筆跡で歌詞の書かれた和紙が目についた。

八人の仔狐が南蛮へ旅をする
一人がそこに残ると言って、七人になった

七人の仔狐が薪を割る　一人が自分を真っ二つ、六人になった

1

小桃を筆頭に、浅黄、蘇芳、墨と四人の娘が死んでしまった。

十人いたはずの本所深川いろは娘が六人になってしまったのだから、病気だ怪我《けが》だと口実を作って隠しておくことはできない。

『小桃の呪いが本所深川いろは娘に死を招く』

と、書き立てる瓦版も現れ始めた。

そんな瓦版を何枚も持って、竹四郎が仔狐寮にやって来た。腹を立てているらしく、眉間に皺《しわ》を寄せている。

「誰のしわざですか？」

竹四郎は残った本所深川いろは娘たちと不動、それにお琴、周吉の前に何枚もの瓦

版を叩きつけた。

竹四郎が何を怒っているのかは、周吉の目から見ても一目瞭然だ。

瓦版には、浅黄、蘇芳、墨の死に様が詳しく書かれていた。中には、悪趣味にも、不動が亡骸を乗せた大八車を引いている絵まで描いた瓦版もあった。

実際に、この一件を見ていなければ作れぬ瓦版である。瓦版売りにネタを売ったであろう者を、「裏切り者」と竹四郎は呼んだ。

「誰が裏切ったのですか」

蛇のように冷たい目で、竹四郎は白狐の間に集まっている娘たちを見回す。

これまで宣伝のためということもあり、竹四郎は娘たちと瓦版売りが話すのを禁じていなかった。娘たちも、自分のことを少しでもよく書いて欲しいと思うのだろう。皆、それなりに瓦版売りには愛想がいい。贔屓の瓦版売りのいる娘すらいるらしい。

しかし、言うまでもなく竹四郎が娘たちに瓦版売りと話すことを許しているのは宣伝のためであって、本所深川いろは娘の評判を下げるような話をするためではない。

小桃の事件以来、竹四郎の好まぬ話が瓦版売りに伝わっていることは、疑いようのない事実であった。

「放っておけませんね」

竹四郎は腹を立てながらも、丁寧な言葉遣いを崩さない。

生意気で口の達者な千草でさえ、竹四郎には何も言えず、黙り込んでいる。

犯人さがしを諦めるつもりはないらしく、竹四郎は冷たい視線を残った娘たちに送っている。

胃の腑が痛くなるような沈黙の後、口を開いたのは本所深川いろは娘で最も年かさのえび茶《ちゃ》だった。

「わたしたちが話すわけありません」

そろそろ二十三歳になるえび茶だけあって、落ち着き払った口振りである。

正直なところ、えび茶はあまり人気がない。もちろん本所深川いろは娘の一員となるほどの娘なので、器量は決して悪くはない。

ただ、華がないのである。竹四郎も、華がないことを気にして、〝えび茶〟などという一風変わった源氏名を、この娘につけたのだろう。

「いい女房には、なれそうだけどな」

町場の連中はしたり顔で言っている。

しかし、芸人として人気を取るのは難しい様子だった。

えび茶本人も、自分に華がないことを自覚してか、不動の手伝いを率先してやり、今では半ば雑用係のようになっている。

ちなみに、えび茶の言う「わたしたち」というのは本所深川いろは娘のことで、周吉やお琴は含まれていない。

えび茶は言葉を続ける。

「自分で自分の首を絞めても、何の得もありませんから」

その通りと言わんばかりに、他の娘たちはうなずいた。

話題になるのはいいのだが、町人たちに失望されては商売にならない。本所深川いろは娘は年端もいかぬ子供たちにも人気がある。子供たちに引っ張られて、娘たちの舞台に足を運ぶ大人も一人や二人ではなかった。

舞台の木戸銭や手ぬぐいの銭を払うのは親たちなのだ。人殺しだのと悪い噂が立てば、親は子を連れて来なくなる。

さらに、瓦版の一つには本所深川いろは娘の人気をがくんと下げかねない記事が書かれていた。

瓦版は言う。

『本所深川に白髪頭を金箔で誤魔化す娘ありけり』

墨のことである。

このところ、墨は若白髪に悩んでいた。

「誰も気づいていないと、墨ちゃんは思っていたみたいですけどね」

えび茶は肩を竦《すく》める。

女は目聡《めざと》いもので、えび茶だけでなく、千草をはじめ、他の娘たちも墨の白髪に気づいていたという。

亡骸を見るまで周吉も気づかなかったが、竹四郎も墨の白髪を知らなかったらしい。

「なぜ、わたしに言わなかったんですか」

不快そうに眉を顰《ひそ》め、竹四郎がえび茶を問い詰める。

言えるわけがない。

竹四郎と付き合いの浅い周吉でも、それくらいの理屈は分かる。

竹四郎にとって、娘たちは店に並べてある商品と同じなのだ。価値が下がれば、投げ売りしてしまうだろう。

歌上手と評判を取ったところで、本所深川いろは娘に人が群がるのは、やはり若く美しい娘たちの集まりだからである。実際、竹四郎は容姿が美しいというだけで、ろくに歌を聞いたことのないお琴を本所深川いろは娘に入れようとしている。

代わりはいくらでもいる。――これが竹四郎の本音であろう。

緑の黒髪を売り文句にしていた墨の容姿は、正直なところ、十人並みだった。その墨の黒髪に白髪が混じったとあらば、竹四郎が放っておくわけはない。

——白髪くらい気にしなくていいのにね。

——人の子は面倒くさいねえ。ケケケッ。

周吉もオサキと小太郎と同じ意見なのだが、竹四郎が白髪の生えた本所深川いろは娘を許すかどうかは別の話である。

竹四郎であれば、墨を女郎部屋に売りかねない。

娘たちの冷たい視線が竹四郎に集まったが、当の竹四郎は頓着せず、何の言い訳もしない。銭を出して買った娘ごときに、気を遣う必要はないと思っているのだろう。

竹四郎はさらに娘たちを問い詰める。

「では、誰が瓦版売りに話したというのですか」

娘たちでないならば、周吉かお琴、もしくは不動しか残っていない。

「お琴ちゃんに決まってます」

えび茶は言い切った。

「そんな——」

お琴が驚いている。まさか、えび茶の口から自分の名が出て来るとは思ってなかったのだろう。

何か言いかけたお琴を、竹四郎が冷たい目でぴしゃりと制し、えび茶を問い詰める。

「なぜ、お琴お嬢さんがそんな真似をするのですか」

竹四郎の目が、獲物を狙う蛇のように細くなっている。

「簡単な話です」

えび茶は怯《ひる》まず、強い口調で言葉を返す。

「簡単？　ほう。その簡単な理由とやらを聞かせてください」

竹四郎は先を促す。

絡みつくような竹四郎の視線に飲まれたのか、ほんの一瞬、えび茶は言葉を詰まらせたが、意を決したように座り直すと、歌うたいらしい凜《りん》とした声で言った。

「あたしらは本所深川いろは娘がなければ生きていけませんが、お琴ちゃんは食うに困らない商人の一人娘です。本所深川いろは娘がなくなったところで、少しも困りません」

「理由とやらはそれだけですか」

能面のような顔で、竹四郎は言う。その表情からは、竹四郎がえび茶の言葉を真に受けているのかどうか窺い知ることができない。

えび茶は後に引かない。

「お琴ちゃんの家は商人です」

「それはもう聞きました」

そんな素っ気ない竹四郎の声を押し返すようにして、えび茶は言葉を続ける。

「商人なら瓦版売りと付き合いがあると決まっています」

えび茶の言葉は間違っていない。

ご政道を非難する瓦版は幕府に禁じられていたが、料理屋や役者の評判、町場の流行や不思議な出来事を記事にする程度の瓦版は大目に見られることが多い。

商売と宣伝は切っても切り離せないものだが、このごろでは瓦版売りを使って、宣伝をさせる店が増えている。

瓦版と一緒に売り物のちょいとした小物を配るものだから、小間物屋だか読売りだか分からぬと言われることもあるくらいだ。鵙屋でも瓦版売りを使った宣伝は試していた。

それまで竹四郎に遠慮するように黙っていた千草が口を開く。

「お琴姉さんは本所深川いろは娘を嫌ってらっしゃるようですしね」

「嫌ってるだなんて……」

お琴は言い返すが、その声はやけに弱々しい。若い娘らしい内弁慶と言えばそれまでだが、仔狐寮に来て以来、鵙屋で元気にしているお琴とはまるで別人である。

——猫をかぶってるのかねえ。

言いにくいが、そう見えないこともない。

「だったら、どうして歌わないの、お琴ちゃん」

えび茶がお琴に聞く。

「だって」

そうくり返すばかりで、お琴はまともに答えようとしない。竹四郎もお琴がなぜ歌わぬのか興味があるのだろう。黙って、お琴とえび茶を見つめている。

だが、いくら待っても、お琴は歌わぬ理由を口にしない。

「お琴姉さんは小桃ちゃんに似てますね」

唐突に千草がそんなことを言い出した。

「小桃さんに似ている……？」

お琴が驚いている。今の今まで、小桃に似ているなどと言われたおぼえがないのだろう。

——うん。ちょっと似てるよ。

小桃をよく知る小太郎が同意している。

「似てますかね……」

竹四郎は首をひねっているが、娘たちは口々に、

「そっくりですわ」

「もしかして、姉妹なのですか」

と、千草の言葉に賛成している。

「お琴姉さんと小桃ちゃん、よく似ていると思いません？」

千草は周吉の顔を見る。

「へえ……」

小桃の顔をよく知らぬ周吉としては答えようがない。

お琴の容姿は母親のしげ女譲りであろうが、お琴の他に鵙屋夫婦の間に娘がいたなんて話は聞いたことがなかった。

——周吉が知らないだけなのかもしれないねえ。ケケケッ。

かちんと来るが、オサキの言葉は間違っていない。

周吉とオサキが鵙屋で暮らすようになったのは、ほんの五、六年前のことである。

その前に、安左衛門としげ女、そしてお琴に何があったのか知るよしもなかった。

どんなに親切にされていても、しょせん周吉は奉公人である。家族の秘密を知る立場ではない。お琴の他に子がいたところで、奉公人でしかない周吉が驚くようなことではなかろう。

しかし、お琴と小桃が似ていることと、今回の瓦版の一件に何の関係があるのか、周吉にはとんと分からない。竹四郎も怪訝な顔をしている。

すると、千草がとんでもないことを言い出した。

「お琴姉さんは人気者になりたいのですわ」

「何を言い出すかと思えば」

馬鹿馬鹿しいと言わんばかりに竹四郎が首を振る。

「本所深川いろは娘としてがんばれば、それで人気者になれますよ。瓦版売りに下らぬことを言う必要はありません」

竹四郎の言う通りである。

他の娘たちは反発しているようだが、お琴は小桃の代役と期待されて仔狐寮に連れて来られたのだ。

素直に歌っていれば、本所深川いろは娘の歌姫様として人気者になれる。その理屈からすると、瓦版売りに本所深川いろは娘の人気が下がるようなことを言うのは、お琴にとっても百害あって一利なしである。

「そうではなくて、お琴姉さんは一人で人気者になろうとしたのですよ」

千草は決めつけている。

「一人で？」

竹四郎がお琴を見た。ほんの少しだが、先刻までとお琴を見る目の色が違っている。

千草は言う。

「小桃ちゃんの姉として、売り出してもらうつもりなんだわ」

無茶な理屈ではあるが、やってやれないことはない。

「だから、歌わないのよ」

歌ってしまえば、その他大勢の一人になる。

いっこうに歌おうとしないお琴は、なぜか注目を集め始めている。それがお琴の策略であると言うのだ。

「焦らすだけ焦らして歌おうって寸法ですわ」

えび茶も千草と同じようなことを言い出した。

何を思ったのか、竹四郎は黙り込んでしまった。竹四郎に釣り込まれるように娘たちも口を噤《つぐ》んだ。

不意打ちのように沈黙が広がった。

逃げ出してしまいたいほどの不安が、ひたひたと忍び寄って来ているように思え、周吉は息苦しかった。何かしゃべって、沈黙を打ち破ろうにも、周吉の口は動かない。

そんな沈黙の中、突然、不動が立ち上がった。

竹四郎でさえも、びくりと身体を震わせた。

「どうしたんです、不動」

竹四郎は不動を咎めるように聞いた。

亡骸を乗せた大八車を引く不動の姿を描いた瓦版が広げたままだからなのか、無口な不動の存在は不気味である。

「飯の支度をする時刻です」

不動は竹四郎に言うと、すたすたと白狐の間から出て行った。

「不動兄さん、わたしも手伝います」

いつも食事の準備の手伝いをしているえび茶が、不動の後を追う。

窓の外を見ると、いつしか雨が上がっていた。

2

お天道様は見えず、相変わらず、どんよりと重そうな雲に覆われてはいたが、それでも雨がやむと心が軽くなるのか、竹四郎が帰って行くと、娘たちは、三々五々、仔狐寮から飛び出して散歩を始めた。

周吉もお琴と二人、仔狐寮の周囲をゆっくりと歩いていた。

珍しく、オサキも小太郎もいなかった。二匹とも晩の食事が気になるらしく、料理を作っている不動に張りついているのだった。

「お嬢さん、雨がやみましたね」

美しい若い娘と二人きりだというのに、例によって、野暮な周吉は気の利いた台詞を言えない。

「ええ……」

お琴も元気をなくしたままである。

どうにも間が持たない。

普段であれば、二人きりになっても、お琴の方から色々と話しかけてくれる。

周吉は自分から話しかけることに慣れていなかった。魔物ならともかく、人の子相手だと何を話せばいいのか分からないのだ。

しかも、仔狐寮の周囲の景色は、お世辞にも心躍るものではない。重苦しい空の下、お天道様が当たらぬために枯れかけた木々が並んでいるだけである。

そもそも、仔狐寮は唐人神社の裏の雑木林の中に造られていた。竹四郎が言うには、仔狐寮は唐人神社の敷地内にあるらしい。

ちなみに、娘たちが立て続けに死んでも、町奉行が顔を出さぬのは、神社の敷地内にあるためである。

江戸の治安を守るのは、北町奉行所及び南町奉行所の役目であるが、役人というやつは縄張りにうるさくできている。

つまり、唐人神社のような寺社の領内は寺社奉行の縄張りであった。岡っ引きを含めた町奉行所の者は、寺社奉行の許しなく、寺社の領内に立ち入って捜査することはできなかった。

俗に、寺社奉行、勘定奉行、町奉行を並べて、三奉行と呼ぶが、この三者は同列の身分ではない。勘定奉行と町奉行は旗本が務め、寺社奉行には五万石から十万石の大名が就任することが多い。寺社奉行を務め上げた後、若年寄を経て老中へ進むという可能性も高く、三奉行の中でも別格扱いされている。縄張りだけでなく、身分の上からも、町奉行が寺社奉行のやることに嘴《くちばし》を挟《さしはさ》むことはあり得ない。

唐人神社で、大々的に本所深川いろは娘の舞台を披露して金儲けしている以上、少なからぬ金が寺社奉行の懐に流れているであろうことは、十分に予想できた。よほどの事件が起こらぬかぎり、竹四郎の意に反して町奉行所の役人が介入することはないのだろう。

そんなことを考えながら歩いているうちに、台所の手前にある裏庭の近くまでやって来た。くの字になっている道を曲がれば、台所はすぐそこである。

不動が娘たちの飯の用意をするために薪を割ったり、時には七輪を使ったりする場所である。不動の手伝いをしているえび茶もいるだろう。

(どうしたもんかねえ)

周吉はお琴をちらりと見る。

娘たちの目の仇《かたき》にされ、しかも、いざこざがあったばかりである。

お琴としてはえび茶と顔を合わせにくいだろうが、そうかと言って、このまま引き返し、もしその姿を見られてはまた何を言われるか分かったものではない。

思い悩む周吉を尻目に、お琴はすたすたと歩いて行く。お琴の顔を見ると、心ここにあらずといった様子で、この先にえび茶がいるかもしれぬなど考えてさえいないように見える。

(訳が分からないねえ)

周吉にはお琴の考えていることが、まるで分からない。どことなく、本所深川いろは娘のことなど歯牙にもかけていないようにも見える。

お琴はぼんやりした顔のまま、くの字になっている道を曲がり、台所へ続く裏庭へと行ってしまった。

お琴が行ってしまったのだから、世話係を命じられている周吉としては追いかけるしかない。

しかし、周吉が追いつくより早く、お琴の「ひっ」と息を飲むような悲鳴が聞こえて来た。

「お嬢さん、どうしたんですかッ」

周吉は駆け出した。周吉の叫び声を追いかけるように、またしても、ぽつりぽつりと雨が降り始めた。

降り始めた雨は、あっという間に強くなり、お琴に追いつく前に、地べたを叩く雨音が耳につくほどになっている。

くの字の道を曲がり、真っ先に目についたのは、えび茶色の着物を着た仔狐人形だった。しかも、仔狐人形の首はぽきりと折れている。

視界を遮るほどの大雨の中、首を折られたえび茶色の仔狐人形が、水を吸い泥濘《ぬかる》み始めた地べたに座っていた。

目についたのは仔狐人形だけではない。

えび茶色の仔狐人形から少し離れたところで、お琴が腰を抜かしたように、ぺたりと地べたに座り込んでいる。

さらに、焦点を失ったお琴の視線の先には、喉のあたりに手斧を突き刺したえび茶の死骸があった。

※

白狐の間では、また一つ人形が減っていた。

決まり切った退屈な行事のように、仔狐人形のそばに歌詞の書かれた和紙が置かれている。

七人の仔狐が薪を割る
一人が自分を真っ二つ、六人になった

かつて十体あったはずの仔狐人形は、残り六体となっていた。

六人の仔狐が蜂の巣で遊ぶ
大きな蜂が一人を刺して、五人になった

1

降りしきる雨の中、岡っ引きの侘助が仔狐寮にやって来た。

侘助は本所深川一帯を縄張りとする岡っ引きで、周吉と同じくらいの年回りながら捕物名人と呼ばれている。

十手を笠《かさ》に着て威張りくさっている岡っ引きも珍しくない中で、侘助の名の通り腰の低い男である。

侘助を呼んだのは竹四郎だった。

「早く不動を捕えてくれませんか」

侘助が白狐の間に入るや否や、竹四郎は岡っ引きをせっつく。

実は、えび茶の死骸が見つかるのと前後して、料理を作っていたはずの不動が姿を

消していた。

ちなみに、食事の支度をする不動のところに、オサキと小太郎がいたはずだが、二匹とも並べられた料理に夢中で不動のことを見ていなかったという。

(仕方ないよね)

魔物と暮らしている周吉は肩を竦める。

魔物というやつは、自分勝手なもので、殊に人のことなど眼中にない場合が多い。オサキも小太郎も、岡っ引きでも奉行所の小者でもないのだから、都合よく誰かを見張ってくれやしない。

「不動を放っておいては物騒《ぶっそう》で困ります」

竹四郎は一連の事件の犯人を、すっかり不動のしわざと決めつけている。長い付き合いであろうに、竹四郎は不動を庇う素振りも見せない。

――用心棒の代わりなんて、いくらでもいるからねえ。

オサキの言うことは人でなしであるが、実際、少しも間違っていない。不動がいなくなっても、腕っ節の強い男をさがせばいいだけなのだ。奉公人である周吉には痛いほど分かる。

「不動兄さんがえび茶姉さんを殺したなんて信じられない」

千草が独り言のように呟いた。

竹四郎は千草をちらりと見ると、いつもの丁寧な口振りで、誰に言うでもなく、冷たい言葉を投げかけた。

「娘の咽喉《のど》に斧を突き刺すなんて、乱暴者の不動らしいと思いますがね」

しかし、侘助は首を振る。

「不動には娘を殺す理由がありませんよ」

腰は低いが、侘助は捕物名人と呼ばれているほどの岡っ引きである。当然ながら、相手が誰であろうと、ろくに調べもせずに他人の言葉を易々《やすやす》と鵜呑《うの》みにはしない。

「理由もなく、人を下手人《げしゅにん》扱いはできませんぜ、旦那」

侘助は言う。

「破落戸《ごろつき》が人を殺《あや》めるのに理由なんていらないでしょう」

竹四郎の声は、ますます冷たくひやりとしている。

一刻も早く事件を解決したいのだろうか。竹四郎は不動を破落戸扱いしている。

本来であれば、死人が出たのだから、小娘たちの浮かれた歌舞台などは、即刻中止すべきである。寺社奉行あたりから、抱え主である竹四郎に、監督不行き届きとして咎が及んでも不思議はない。

しかし、文字通り、天は竹四郎に味方した。再び、本所深川に雨が強く降り始めたのだ。

大川の水は溢れかけ、本所深川の町人たちは、唐人神社に祈りを捧げに集まり始めている。無力な町人たちにとっては、かつて大雨を止めた唐人神社の言い伝えは心の支えだった。

『本所深川いろは娘の歌は神事である』

そんなふうに宣伝してしまった以上、娘たちの舞台を取りやめることは難しい。験を担ぐという点においては、町人よりも武家の方がいっそう真摯で、幕臣の中にも唐人神社の伝説を信じている者が少なくなかった。

今となっては、娘たちは大川の氾濫に怯える本所深川中の期待を背負っていた。お守り代わりのつもりなのか、娘たちの手ぬぐいは飛ぶように売れ、竹四郎の懐に金が転がり込み続けている。

竹四郎にしてみれば、本所深川いろは娘と無関係の不動のしわざと考えるのが、最も好都合だった。

「何もやっていなければ、姿を消す必要なんぞないでしょう」

竹四郎の言葉に、渋々ながら佗助は首肯する。が、それでも、不動が犯人とは言わない。

「犯人かどうかは別として、不動さんを見つける必要はありますね」

周吉にしても、竹四郎や侘助の言うように、不動が姿を消したのは気にかかるところだが、やはり不動が娘殺しの犯人とは思えなかった。

仮に不動のしわざだとしても、えび茶だけを殺したのか、それとも浅黄、蘇芳、墨も殺したのかという疑問が出て来る。

えび茶殺しだけを不動のしわざと考えるのは腑に落ちないが、娘たちを四人も殺す理由が不動にあるとは思えない。

それに——。

周吉は仔狐人形と歌詞の書かれた和紙を思い浮かべる。娘たちが殺されるたびに、一体また一体と仔狐人形が減っているのだ。そんな小細工を不動がする理由があるとは思えなかった。

不動が人を殺さないということではない。

両親を殺されている周吉は、人の身勝手さ、そして残酷さをよく知っている。どんな善人でも、ちょっとしたきっかけで人を恨み、機会を窺って殺してしまうことも珍しくないと思っていた。

不動にしても、娘たちとすごした日々があり、何らかの恨みを持っていてもおかしくはない。

しかし、恨みがあるなら、ただ殺せばいいだけのことで、わざわざ『十人の仔狐様』の歌詞通りに殺すことも、いわんや仔狐人形を使ってちまちまと小細工する必要もないだろう。

――不動さんがいないと、おいら、困っちまうねえ。

オサキが懐から、ちょこんと顔を出す。いい加減な魔物にしては珍しく、本当に困ったような顔をしている。

――どうして、オサキが困るの？

すっかり周吉の肩に居ついてしまった小太郎がオサキに聞く。

――ご飯を作る人がいなくなっちまったねえ。

オサキが、がっかりした声で言った。オサキにしてみれば、人の生き死になんぞより、飯の方が気にかかるのだろう。

窓の外を見ると、ほんの少し、雨足が弱くなっていた。

2

腑に落ちないまま、一連の娘殺しは不動のしわざとなりそうな気配であった。

竹四郎と侘助が仔狐寮から帰って行った数刻後には、不動とえび茶の一件が瓦版を賑《にぎ》わせていた。

仔狐寮から離れられない周吉や娘たちであったが、瓦版売りたちが唐人神社の近くで瓦版を売っているのだから、どんな記事が書かれているのかは嫌でも耳に入る。

本所深川いろは娘たちは町の噂話には敏感である。

さっそく、千草が仔狐寮の外に出ると、何枚かの瓦版を手に、白狐の間に帰って来た。千草は瓦版を畳の上に並べる。

『許されぬ恋の道行き』

『破落戸の横恋慕』

『純潔を守るため命を絶つ娘の悲劇』

芝居めいた煽《あお》り文句が瓦版に躍っている。

「馬鹿馬鹿しい」

千草は吐き捨てた。

墨の事件のときと違い、今回は誰が瓦版売りにネタを話したのか、野暮な周吉にさえ、すぐに分かった。

「市村様の考えそうなことね」

千草は言う。

言うまでもないことだが、娘たちを見世物にして銭を稼ぐのが商売だけあって、竹四郎は宣伝に長《た》けている。

墨の件では煮え湯を飲まされたが、えび茶の死を本所深川いろは娘の宣伝に利用しようと、芝居の煽り文句のような記事を瓦版に書かせたのであろう。

不動がえび茶に思いを寄せていたなどと書かれてあっても、二人にはそんな素振りすらなかった。千草の言うように、馬鹿馬鹿しい世迷《よま》い言に聞こえる。無責任な野次馬ならともかく、二人を知る者は信じぬ空言である。

しかし、本所深川いろは娘の中に、瓦版の記事を真に受ける者がいた。

くすんだ紫色の着物を小粋に着こなした、やたらに色気のある芸者風の若い娘が口を挟んだ。

「お堅いばかりと思っていたのに、不動兄さんとえび茶姉さんもやるじゃない」

十七歳になったばかりの似紫《にせむらさき》は蓮《はす》っ葉《ぱ》な口振りで言う。

「下らないことを言わないの」

千草が苦い顔をする。

寺子屋の女師匠のように着物をきちんと着ている千草と、着物を遊女のように婀《あ》娜《だ》っぽく着崩した似紫は、見るからに水と油だった。

「そんなにカリカリしていると、かわいいお顔に皺ができるわよ、千草ちゃん」

同じ年ごろの千草を相手に、似紫は年増のような口調で言う。

「こんなに何人も仲間が死んだのに平気なの」

尖った声で千草は言い返す。

棘《とげ》だらけの千草の言葉を、似紫は冷めた顔で柳に風と受け流し、逆に質問を投げかける。

「いつから、そんな仲よしになったのかしら」

「仲よしって……」

返答に困っている千草相手に、似紫は言葉を重ねる。

「千草ちゃんも歌姫様になりたいんでしょう。小桃ちゃんが死んで、自分が歌姫様になれるって思わなかった？」

千草が青ざめた。商家の奉公人が出世を競うように、娘たちも競り合っていたのだろう。思い当たる節があるのか、他の娘たちも黙ってしまった。

しんと静まり返り、屋根を打つ雨音ばかりが耳につく。

ひりひりと胃が痛くなるような静寂の中、ぱたんと小さな音が聞こえた。

音を立てたのは、それまで一言もしゃべらず、難しそうな書物を読んでいた眼鏡の娘、小豆《あずき》である。

小豆は眼鏡を外すと静かな口調で言った。

「似紫ちゃん、少し言いすぎね」

小豆は周吉とおっつかずの二十歳そこその年回りの娘であったが、変わり者揃いの本所深川いろは娘の中でも、一風、毛色が違っていた。

小豆は芸事の他にも手に職を持っており、寺子屋で女師匠の手伝いをやっているのだ。もちろん、竹四郎の命令である。

一人くらい学のありそうな娘がいてもいいだろうくらいの軽い気持ちで、小豆を寺子屋に通わせてみたところ、筋がよかったのか寺子屋の女師匠に気に入られ、気づいたときには、ときどきであるが女師匠の代わりに手ほどきをするほどになっていたという。

ちなみに、手習いなんぞしたこともない娘たちに文字を教えたのは、この小豆である。

そのためか、娘たちもどこか小豆には遠慮があった。手習い子が師匠に一目置くようなものなのかもしれない。

「だって、小豆姉さん」

似紫は口を尖らすが、

「言い訳は結構ですわ」

と、ぴしゃりと小豆に叱られている。似紫は一言も返せず、ふて腐れたように黙り込んでしまった。

――おっかない娘《こ》が多いねえ。

魔物のオサキまでが圧倒されている。

確かに、娘同士で組を作っていようと、やはり芸事は一人一人の容姿を含めた技能で優劣がつき、人気がなければ簡単にお払い箱となってしまう厳しい世界である。商家の奉公人が番頭になりたがるように、娘たちも真ん中で歌う歌姫様になりたいのであろう。

しかし、何人も死人が出ている中、千草や小豆の指摘するように、似紫の言い方はあまりに無神経と言える。死者に対しても礼を失っしている。

寺子屋で教えるほどの小豆だから、似紫に一言二言、手厳しい説教をすると思えたが、

「仲よくしなさいな」

と、おざなりな言葉を残して、書物を片手に、小豆はさっさと白狐の間から出て行ってしまった。

取り残された部屋の中、なぜか小豆色の着物を着た仔狐人形だけが、やたらと周吉の目についた。

3

その夜、周吉は傘を差して、仔狐寮から唐人神社に続く雑木林を歩いていた。

雨は強くなったり弱くなったりをくり返しているが、いっこうにやむ気配はなく、足を取られそうなほど地べたがぬかるんでいる。傘を差していても、ぐっしょりと濡れてしまいそうな雨の夜だった。

懐にオサキはいるが、右肩に小太郎の姿はない。夜になると、小太郎はどこかに

行ってしまう。

——眠いねえ。夜は寝るものだと思うねえ。

オサキがぶつぶつと文句を言っている。

(静かにしておくれよ)

周吉はオサキに言う。オサキがどんなにしゃべったところで、その声が聞こえるのは周吉と小太郎くらいのものだが、周吉はおどおどと周囲を見回す。

ちなみに、このとき、周吉は、お琴にも娘たちにも内緒で、仔狐寮から抜け出して来たのであった。悪いことをしているわけではないが、どことなく後ろめたい。

周吉の袂《たもと》には一通の文が入っていた。

『周吉兄さんにお話ししておきたいことがあります。誰にも言わないでください』

と、下手くそな女文字で時刻と場所が指定してあった。

——周吉はもてるねえ、ケケケッ。

オサキがからかい出す。

歌舞伎の女形のように目鼻立ちの通った周吉は、本所深川中の女房や娘連中に騒がれている。町を歩いていて、色っぽい文を袂に落とされることも珍しくない。

しかし、立て続けに娘たちが死んでいる状況で、恋文を渡されるとは思えなかった。

周吉にしてみても、人目を忍ぶ逢《あ》い引き気分でやって来たわけではない。

こんな夜更けに、このこやって来たのには、ちゃんとした理由があった。文に書かれている文字に、見おぼえがあるのだ。

周吉の目には、娘が死んだ後に仔狐人形のそばに置かれている和紙と同じ人の書いた字に見えた。確か、千草は小桃の字と言っていた。

（幽霊かねえ）

物心ついたときから魔物と暮らしている周吉ではあるが、三瀬村でも江戸でも死んだばかりの娘の幽霊なんぞ見たことがない。

もちろん、オサキや小太郎のような魔物がいるのだから、雑木林に小桃の幽霊がいてもおかしくはない。

「幽霊っているのかい？」

オサキに子供のようなことを聞いても、

――おいら、知らないねえ。

と、はぐらかされてしまう。

幽霊はともかく、周吉の袂の文は、事件と無関係ではあるまい。

いつの間にか、霧のように細かくなった雨の中、周吉は文に書かれた待ち合わせ場所へと急いだ。

唐人神社の石灯籠から、かすかに届く灯《あか》りを除いて、あたりは闇色に塗り潰されていた。本所深川いろは娘の舞台があれば賑わうが、普段は人通りもなく、ひどく寂しい。さらに、細かい霧雨が周吉の視界を遮るように降り続けている。

——誰もいないねえ。

懐からオサキが、ちょこんと顔だけ出している。

夜の闇と霧雨のせいでよく見えないが、確かに人の気配はないように思える。

——からかわれちまったのかねえ、ケケケッ。

相変わらず腹の立つ魔物だが、野暮な周吉に恋文を渡してからかうなんぞ、いかにも若い娘がやりそうなことである。小桃の幽霊が周吉に文を渡したというより、よほど説得力がある。

「それならそれで、いいよ」

肩を竦めると、周吉は仔狐寮へ帰ろうと、踵を返しかけた。

と、そのとき、周吉の目の端に、

ふわり――――と、桃色の着物が映った。

「小桃さんですかい？」

周吉の口から死んだはずの娘の名が零れ落ちた。

しかし、目を凝らしてみても、霧雨に霞んだ雑木林が見えるばかりで、どこにも娘の姿はない。

普通の人よりは夜目の利く周吉であったが、それでもしょせんは人の子であり、霧雨が邪魔をして、昼間のようには見えない。

「オサキ、見て来てくれないかい」

と、言いかけたとき、ぽんと肩を叩かれた。

慌てて振り返ると、そこには赤い唐傘を差したお琴が立っていた。

――文を書いたのは、お琴だったのかねえ。

オサキが懐で首をひねっている。

ほんの一瞬、周吉もオサキと同じことを考えたが、幼いころから手習いに通っているお琴は達筆で、仔狐人形が消えるたびに現れる紙の子供じみた字とは明らかに違う。

狐につままれたような心持ちで、周吉はお琴に聞く。

「どうして、お嬢さんがここにいるのですか」

さっぱり訳が分からない。

さらに訳の分からないことは続いた。ぽろりぽろりとお琴が涙を流し始めたのだった。しかも、

「周吉さん、ひどいわ」

泣かせた犯人は周吉であるらしい。おろおろとするばかりで、周吉はどうしていいのか見当もつかない。とりあえず、泣いているお琴に言葉をかけてみた。

「お嬢さん、どうして泣いているのですか」

周吉としては、至極、まっとうなことを聞いたつもりである。それなのに、

「どうしてって」

お琴の涙はいっそう大きくなり、まるで大雨のようになってしまった。

――悪い周吉だねえ。お琴を泣かせちまったよ。

オサキが真面目な声で、困り果てておろおろうろうろする周吉を責め立てる。

(あたしは何もしてないよ)

魔物に言い訳をしていると、お琴の背後から新たな娘の声が飛んで来た。

「わたしの言う通りでしたでしょう、お琴お姉さま」

本所深川いろは娘の中で最も小柄で噂好きの紅赤《べにあか》が、お琴に隠れるようにして立っていた。もちろん、小柄なだけで、本当に隠れていたわけではあるまい。

仔狐寮に来てからというもの、勘が狂ったのか、小太郎狐の縄張りだからなのか、人の気配に気づかないことが増えている。

それはそれとして、とにかく今は泣いているお琴を宥めなければならない。

周吉は思わせぶりな顔をしている紅赤に聞く。

「どうして、ここにお琴お嬢さんと紅赤さんがいるのですか」

立て続けに娘が死んでいる上に、その犯人と目されている不動はまだ捕まっていない。そんな中に、娘二人で夜歩きするなんぞ、不用心と言えば、不用心この上ない話である。

口を開いたのは紅赤だった。

「わたしがお琴お姉さまをご案内しましたの」

お琴よりも頭一つ、周吉よりも頭二つ背丈の低い紅赤は言い放つ。

「ご案内？」

つまりは連れて来たということだろう。

周吉は問いを重ねる。

「何のために、連れて来たのですか」

「周吉兄さんと似紫姉さんの逢い引きを見に来たのですわ」

紅赤は涼しい顔で、とんでもないことを口走った。逢い引きと聞いて、泣き止みかけていたお琴の顔が、再び、くしゃりと歪《ゆが》んだ。

「そんな、逢い引きだなんて……」

もごもごと言い訳しながら、袂から文を取り出す。

「てっきり小桃さんからの文かと思って……」

焦りのあまり、言わなくてよいことまで口にする周吉だった。我ながら、どうにも言い訳じみている。

面白いことを聞いたと言わんばかりの顔で、紅赤が周吉にいっそう絡みつく。

「あら、周吉兄さんは小桃ちゃんが好きだったんですか」

「会ったこともないですよ」

と、周吉は肩を竦め、話を先に進める。

「この文の字は小桃さんじゃないんですか」

「小桃ちゃんは死んじゃいましたよ」

「でも……」

それにしては字が似すぎている。

周吉の考えていることが分かったのか、紅赤が馬鹿馬鹿しそうに言う。

「わたしたちはみんな、小豆姉さんに文字を習ったんですよ。字が似ていてもおかしくないでしょう」

言われてみれば、その通りである。

「なるほど」

と、肩を竦めながらも、先刻の桃色の着物が気になる。

目の錯覚かと思ったが、今になってみると、この雑木林ばかりのくすんだ景色の中で、明るい桃色の着物を見誤るとは思えなかった。

「似紫姉さんはどこにいるんですか」

まるで似紫がすぐ近くに隠れているかのように、紅赤がきょろきょろと辺りを見回す。

「さあ……」

周吉は曖昧に首をかしげる。似紫の姿は見ていないが、霧雨で視界の悪い夜の雑木林のことである。どこかに潜んでいても分からないだろう。

紅赤に釣られて周囲を見回しかけたとき、雨音を縫うように、闇の雑木林から何かの倒れるような音が、

どすん――

――と、聞こえて来た。

嫌な予感に襲われて、周吉は音の聞こえた方向に走り出す。一拍遅れて、不安顔のお琴と紅赤が追いかけて来る。

――こいつは剣呑だねえ。

懐でオサキが呟いた。

4

いつの間にか、霧雨は大粒の雨となっている。雑木林の葉に降り注ぐ雨音が喧《やかま》しい。ほんの二、三間ばかり駆けた雑木林の地べたに、娘が転がっていた。雨に打たれながら、糸の切れた操り人形のような姿で倒れている。

すでに事切れていることは、周吉の目にも明らかだった。

「似紫姉さんッ」

甲高い紅赤の声が夜の雑木林に響き渡る。

目の前に転がっていたのは、変わり果てた似紫の死骸であった。

似紫の喉に五寸釘が突き刺さっている。強い雨が洗い流したのか、首の回りに血は見えないが似紫色の着物の襟の辺りがどす黒く汚れている。

驚いたように似紫の目は大きく見開かれ、剝《む》き出しになった眼玉を打ちつけるように大粒の雨が落ち続けていた。

※

燭台《しょくだい》を手に周吉は白狐の間に急いだ。

燭台の上で、ゆらゆらと蠟燭《ろうそく》の炎が揺れ、周吉の影をひとけのない白狐の間の床や壁に映し出す。

蠟燭の炎が窓際の仔狐人形に届いた瞬間、周吉は異変に気づいた。

――また、一つ減っているねえ。

残り五体となった仔狐人形を、オサキが周吉の懐から見ている。
そして、同じことのくり返しのように、仔狐人形の前に文字の書かれた和紙が落ちていた。

六人の仔狐が蜂の巣で遊ぶ
大きな蜂が一人を刺して、五人になった

お琴を含め、娘たちは後五人しか残っていない。

五人の仔狐が寺子屋で手習い　一人が落ちこぼれて、四人になった

1

翌朝、夜が明けると同時に、仔狐寮に再び侘助がやって来た。

「ちょいと昨夜のことを聞かせてくれませんか」

言葉遣いこそ丁寧だったが、すっかりやり手の岡っ引きの顔になっている。

同じく、竹四郎も駆けつけて来たが侘助に気圧《けお》されたのか、何も言わず、赤狐の間へ行ってしまった。

白狐の間には、侘助を前に、周吉とお琴それに紅赤だけが取り残された。オサキは懐にいるが、小太郎の姿はない。

てきぱきと侘助は、周吉たちに話を聞くが、何の手がかりも見つからぬようであった。周吉たちが返事をするたびに、侘助の顔は渋くなっていく。

そんな中、庭先で騒ぎが起こった。

「小豆姉さんッ」

千草の声が聞こえた。

——また誰か死んじまったのかねえ。ケケケッ。

縁起でもないことをオサキは言う。

白狐の間にいた誰もが同じことを考えたのだろう。一同の動きが止まった。

最初に動いたのは佗助だった。佗助は無言のまま、鼬《いたち》のような敏捷《びんしょう》さで仔狐寮の廊下を駆けた。

「ちょっと待ってください」

と、佗助を追いかけて、仔狐寮の庭へ飛び出した周吉の目に、小豆色の唐傘が飛び込んで来た。

——生きてるみたいだねえ。

拍子抜けしたようにオサキが言う。

唐草模様の風呂敷包みを手に、小豆が仔狐寮から出て行こうとしていた。まるで家出娘の姿である。その小豆を娘たちが止めようとしている。

「離して」

「行かないでください、小豆姉さん」

侘助が拍子抜けした顔で娘たちを眺めている。

「何の騒ぎですか」

周吉たちの後から駆けつけた竹四郎が、ようやく仲裁に入る。

一瞬、水を打ったように静かになったが、すぐに千草が口を開いた。

「市村様、小豆姉さんが本所深川いろは娘を抜けるって……」

勢いのままに、いったん言い出したものの、千草の声はあっという間に萎《しぼ》んで消えた。

江戸中が憧れる本所深川いろは娘と言えば聞こえがいいが、しょせんは金で買われた娘たち——つまりは籠の中の鳥である。

娘たちの身分は、苦界に沈む女たちと少しも変わりはない。抱え主である竹四郎に逆らったり、こっそり逃げ出そうとすれば、見せしめとばかりに、安女郎宿に売られることもあり得る。

千草の言葉は同じ苦界の仲間を、いっそう過酷な生き地獄に堕《お》としかねない裏切りであった。

しかし、竹四郎は顔色一つ変えず、むしろ確認するように小豆に声をかける。

「出て行くのですね」

「市村様……？」

と、怪訝な顔をする千草に、竹四郎は能面のような顔つきで意外なことを言い出した。

「行かせてあげなさい、千草」

思いもかけぬ竹四郎の言葉に、千草だけでなく、侘助までが目を丸くした。

「いったい……」

驚きのあまり、呆然とする千草に小豆が言葉をかけた。

「売れたのよ、千草ちゃん」

遊女に身請けというものがある。遊女に惚れた客が郭《くるわ》に金を払い、商売から身を引かせ自分のものとすることである。町を見渡しても、さほど珍しいことではない。女郎上がりの女房など掃いて捨てるほどいる。

しかし、本所深川いろは娘は客を取る遊女ではない。町中に贔屓はいるが、ろくに話したこともない男たちである。女房にするために、大枚をはたいて身請けまではしないだろう。

「どういうことなの……」

困惑する千草に、再び竹四郎の言葉が飛んだ。

「小豆を養女に欲しいと言って来た人がいるのですよ」

「養女……ですか」

ぽかんとした顔で千草が竹四郎に聞き返す。千草にとっては、思いもかけぬ言葉であったらしい。

「ちゃんとお金も払ってもらったわ」

小豆は言った。

「ええ、お金はいただきました」

しれっとした顔で竹四郎がうなずく。聞けば、竹四郎に金を出したのは、小豆が手伝いに行っている寺子屋の女師匠であった。

若いころに夫を流行病で亡くし、以来、還暦近くまで孤閨《こけい》を守って来た女師匠であったが、寄る年波には勝てず、このごろはすっかり気が弱くなり、老いた我が身の世話をしてくれる娘をさがしていたという。特に珍しい話ではない。

そんな女師匠が目をつけたのが、寺子屋に手伝いにやって来る小豆だった。

竹四郎に頼まれたとはいえ、歌うたいの小豆を寺子屋に入れたのを見て分かるように、最初《はな》からこの女師匠は本所深川いろは娘を贔屓にしていた。

人気商売ゆえに、しっかりと礼儀作法を叩き込まれ、さらに色恋禁止の生活を送る娘たちは、堅苦しいと評判の女師匠の心まで摑《つか》んだのだった。

小豆は小豆で、祖母か母のような女師匠を慕っている。舞台の合い間や仔狐寮で小豆が読んでいる書物も、女師匠から借りたものである。

(寺子屋で師匠の世話をしながら暮らしたい)

暇を見つけては小難しい書物を読んでいる小豆がそう思うようになったのは、自然の成り行きと言える。

これまた、物堅い一人暮らしの年配の女によくある話だが、女師匠は自分の行く末を不安に思い、若いころからコツコツと銭を貯《た》め込んでいた。死に別れた夫の残してくれた銭や、女師匠の実家が裕福ということもあり、下手な商人よりも銭を持っている。

その銭と小豆を交換したわけである。

竹四郎にしてみれば、小豆は本所深川いろは娘のその他大勢の一人である。いなくなっても、たいした損害はない。

「そんな……」

と突然の出来事に戸惑う千草に、小豆は小豆色の唐傘をくるりくるりと緩く回しながら言った。

「運命《さだめ》よ、千草ちゃん」

「え？」

思いがけぬ小豆の言葉を耳にして、いっそう千草がきょとんとする。運命などという言葉は、若い娘の使うものではない。

すると、小豆が小声で歌い出した。

五人の仔狐が寺子屋で手習い
一人が落ちこぼれて、四人になった

突然、歌い出した小豆を前に、千草はもとより竹四郎までが驚いた顔を見せる。馬鹿馬鹿しいと思いながらも、誰もが歌の文句通りに死んで行く事件を、不気味に思っているのだろう。

「来たわ」

小豆が呟いた。

見れば、小豆を迎えに来たのだろう。仔狐寮の門の前に、背筋の伸びた白髪の女人の姿が現れた。

「もう行くわ」

小豆は白髪の女人に向かって、丁寧に会釈すると、仔狐寮に別れを告げた。

「六人目の仔狐は、寺子屋へ手習いに参ります」

いつの間にか、仔狐寮の屋根の上に、雨に打たれながら小豆を見送る小太郎の姿があった。

小太郎は無言で小豆を見送っている。

2

二日後の昼下がりのことである。

小豆が仔狐寮から出て行くと、それまで降っていた雨が弱くなり、ほとんどやんでしまい、大水に怯えていた町人たちも一息ついていた。

お琴を含め、残り四人になってしまった本所深川いろは娘だが、今までと違い、仔狐人形は減らず、小豆色の着物を着た人形も残っていた。

「何もかも夢だったみたいね」

白狐の間で、千草がぼそりと呟いた。

小豆が寺子屋に行ってしまってから気が抜けたのか、千草はすっかり静かになっていた。年老いたようにさえ見える。

しかし、残念ながら夢ではない。

雨が弱くなったおかげで水位は下がったものの、依然として大川は危うい状態にあるし、死んだ者たちは帰って来ない。残った娘たちは相変わらず籠の中の鳥で、外界を飛ぶこともできずにいる。

「もう本所深川いろは娘もおしまいね」

独り言のように千草は言葉を続ける。

「今さらですわ、千草姉さん」

口を出したのは十六の青藍《せいらん》だった。異人の血が混じっていると評判が立つほど肌の白い青藍であるが、言うことが冷たく、他の娘たちともどこか距離があった。意地の悪いことを言って、小桃を一番泣かせたのも、この青藍だという。

薄い唇に笑みを浮かべながら青藍は千草に言う。

「小桃ちゃんが死んだときに、本所深川いろは娘は終わっていましたわ」

青藍の言葉に顔色を変えたのは、紅赤である。

「どうして、そんなひどいことを言うの」

今にも青藍に摑みかからんばかりの顔をしている。小桃の添え物扱いされたのだから当然であろう。

青藍は冷淡な笑みを崩さず、千草と紅赤に向けて話し続ける。

「千草姉さんと紅赤姉さんだって、市村様が遊廓の楼主と会っていることに気づいているでしょう」

怒りで朱に染まっていた紅赤の顔が、さあっと青ざめた。千草が青藍から目を逸《そ》らす。

ずっしりと重苦しい沈黙が、白狐の間に広がった。

青藍の言葉は本当のことらしい。三人の娘は口を開こうとしない。

沈黙に耐え切れずに、周吉が口を挟んだ。

「こんなに人気があるのに売っちまうなんて……」

心の中で、周吉は算盤《そろばん》を弾く。

確かに、天の怒りを鎮める声を持つ小桃の穴は大きいだろうが、それでも各娘に贔屓はついていて、いまだに手ぬぐいは飛ぶように売れている。

——娘なんて、たくさんいるものねえ。ケケケッ。

オサキの言うことも間違っていない。ほんの少しだが、周吉も竹四郎が新しい歌組を作ろうとしているのかと思った。新しもの好きも多く、手垢《てあか》のついた本所深川いろは娘より新しい歌組の方が人気が取れそうな気もしないではない。

（でもねえ……）

周吉は首をひねる。

仮に竹四郎が大金を使って新しい歌組を作っても、本所深川いろは娘のように成功するとは思えないのだ。

竹四郎は商い上手で、大金を持っていると言われているが、しょせんそれは本所深川での評判である。

日本橋には、竹四郎が束になっても敵わぬほどの大尽がわんさかといる。見世物稼業だけにかぎっても、浅草や両国にはその名の聞こえた興行師たちが綺羅《きら》星のごとく居並んでいる。

本所深川いろは娘が銭になると知るや、興行師たちが動き出し、日本橋や浅草、両国でも歌組が作られた。

しかし、どんなに銭や人脈を使って、美しい娘を集めても、ただ一組として本所深川いろは娘の足元にも及んでいない。

人は物語に感動するようにできている。

唐人お糸と唐人神社を背負い、異国から伝わって来た『十人の仔狐様』を歌う本所深川いろは娘を超える物語などそう簡単にあろうはずがなかった。他の歌組がいかに上手に『十人の仔狐様』を歌おうと、それは物語の伴わない猿真似にすぎぬのだ。

そして、言うまでもないことだが、庶民の贔屓は竹四郎ではなく、本所深川いろは娘についている。竹四郎が新しい歌組を作ろうが、庶民にとってはすでにいくつもある歌組がまた一つ増えるだけであろう。

いくらで娘たちを売ろうとしているのか知らぬが、まだまだ本所深川いろは娘は金の卵を産む鶏である。

鶏そのものを売ってしまうのは、賢い商人のやることではない。そのくらいの勘定のできぬ竹四郎ではなかろう。

周吉の怪訝な顔をちらりと見て、青藍が言う。

「市村様には性質《たち》の悪い借金があるのですよ」

青藍の言葉に、千草と紅赤が小さくため息をつく。

金は稼ぐより使う方が難しいとよく言うが、竹四郎も博奕《ばくち》に手を出し尻の毛まで抜かれてしまったという。

江戸田舎と呼ばれ、役人の目が届きにくい本所深川には、海千山千の博奕打ちも多い。日本橋あたりの大店の世間知らずの若旦那が、裸にひん剝かれるのもよく聞く話である。

竹四郎もそんな海千山千の博奕打ちに、ころりとやられてしまったのだという。

——馬鹿な竹四郎さんだねえ。ケケケッ。

オサキは笑うが、海千山千の博奕打ち相手では素人に勝ち目はない。一文なしにされた挙げ句、賭場で借金をしてしまったのであろう。

一日一割の高利で金を貸す烏金《からすがね》をはじめ、江戸の町に高利貸しは多い。世の中で、一番儲かる商品は銭である。

その高利貸しの中でも、飛び抜けて高い利子を取るのが賭場の金貸しだった。

借りる側は博奕に熱くなっており、勝てばすぐに返せると思っているから、ろくに利子も見ずに証文に爪印を押す。一日に二割三割は当たり前、中には一日借りると返す銭が倍になるという最初から身代を奪うことを目当てとする金貸しもいた。

金のなる木である本所深川いろは娘を抱える竹四郎などが、狙われることは当然とも言える。

「迷惑な話ですわ」

言葉とは裏腹に、千草の口振りは弱々しい。

聞けば、本所深川いろは娘の舞台にも、賭場の金貸しの手先らしき破落戸《ごろつき》が出入りしているというのだ。

ちなみに、竹四郎を塡《は》めたのは、〝闇雷の岩次《やみいかずちいわじ》〟と呼ばれる金貸しである。今年の春に、どこからともなく本所深川に流れて来ると、後ろ暗い賭場を根城にあくどく稼ぎ、あっという間に、ちょいとした顔になってしまった。今では五十人も六十人も破落戸の手下がいる。

乱暴な男で、気に入らぬことがあると女子供でも殴りつけると町中で悪評が立っている。

最近では、雨のせいで稼げず生活に困っている職人にまで高い利子の金を貸しては、女房や娘を借金の形《かた》に取り上げ、散々弄《もてあそ》んだ挙げ句、岡場所に売っているという話である。ろくでなしの中のろくでなしであった。

「あたしも千草姉さんも紅赤姉さんも、闇雷の岩次に売られちまうのよ」

青藍の言葉に、千草と紅赤が黙り込んだとき、

「市村の旦那はいるかい」

と、侘助が白狐の間に飛び込んで来た。

傘も差さずにやって来たのか、佗助は濡れている。

また、何やらよくない事件が起きたらしい。周吉の胃の腑あたりが重くなる。もう、これ以上の揉《も》め事はごめんだった。

しかし、世の中、周吉の思い通りにはいかぬもので、佗助が仔狐寮にやって来たのは、やはり事件を知らせるためであった。

このとき、まだ竹四郎は仔狐寮に顔を出していなかった。

すると、佗助はぶっきら棒な口振りで言った。

「寺子屋で小豆のものらしき死体が見つかった。誰でもいいから、本物の小豆か見に来てくれませんか」

不幸中の幸いと言っていいのか分からぬが、小豆と一緒に暮らしている寺子屋の女師匠は、京橋に住む妹のところへ泊まりに行って留守だという。死んだのは小豆一人である。

娘たちの視線が周吉に集まった。

――面倒くさいねえ。

オサキが独り言のように呟いた。

3

ほんの少し足を延ばせば亀戸村《かめいど》に出る、田畑ばかりが広がる寂しいところに、寺子屋はぽつんと置かれていた。

周吉はオサキを懐に、侘助と二人で寺子屋にやって来た。

雨はほとんど降ってないように思えたので、周吉も侘助も傘を差していなかった。そのせいか、着物や髪が湿って重く、やけに肌寒い。

小太郎は仔狐寮から離れようとしないし、娘たちは小豆のものかもしれぬ死体を見るのを怖がった。

寺子屋に入ったとたん、見おぼえのある若い娘の死骸が目に飛び込んで来た。

二十人、三十人と手習い子が入りそうなほど広い板敷きの教場の真ん中で、小豆が大の字に倒れていた。首筋には百姓の使う鎌が突き刺さり、小豆の目は大きく見開かれたままになっている。

整然と並んだ文机が、墓石のように見えた。

「小豆さんに間違いありません」

周吉は言った。

「すまねえですね、手代さん」

佗助が周吉にぺこりと頭を下げた。商人風情の周吉が相手にもかかわらず、相変わらず、丁寧すぎるほどに腰の低い男である。

「いえ……」

周吉は曖昧に答える。

魔物を見慣れることはあっても、死骸――殊に若い娘の亡骸は、何度見ても慣れることがない。自分でも血の気が引いているのが分かる。

愁い顔の周吉に佗助は言う。

「今回の殺しの見当はついておりやす」

大口を叩かない佗助にしては珍しい台詞である。

次々と死んで行く本所深川いろは娘と一緒にいる周吉を安心させようと、佗助なりに気を遣っているのかもしれない。

「誰のしわざなんですか」

周吉は聞いた。

「闇雷の岩次のしわざですよ、手代さん」

江戸で評判の腕のいい岡っ引きだけに、とうの昔に竹四郎に借金のあることを侘助は調べ上げていた。

「あんな野郎に銭を借りてはいけませんぜ」

と、侘助は苦虫を嚙み潰す。

聞けば、岩次は各地を転々とする根なし草の金貸しであるという。蛇蝎《だかつ》のように嫌われることの多い金貸しであるが、それでもその土地に根をおろそうとする連中は町に受け入れられる。金がなければ生きて行けぬのだから、金貸しだっていなければ、万一のとき不便である。

しかし、岩次は最初から町に根をおろすつもりがない。稼ぐだけ稼ぐと町を移って行く。だから、町場の評判など気にせず、手荒な手段を取ることに躊躇《ちゅうちょ》がないのだ。

さらに岩次が、一般の金貸しより嫌われる理由がある。

「人を嬲《なぶ》るのが三度の飯より好きときてやがる」

何十人もの手下を持ちながら、岩次は取り立てに自ら行くことが多かった。銭を返せず泣き叫ぶ病人や女子供を見るのが好きなのだ。

「胸くそが悪くなるぜ」

岩次は小豆が養女に入った寺子屋にも顔を出したというのだ。

「女師匠に借金でもあったんですかい」

周吉は聞いた。堅苦しい寺子屋の女師匠と高利の借金は不似合いに見えるが、他に岩次が寺子屋に顔を出す理由がない。

侘助は首を振る。

「小豆への嫌がらせですよ」

首尾よく竹四郎を填めた岩次は、すっかり本所深川いろは娘を手に入れたつもりでいたという。

小豆を寺子屋の女師匠に盗《と》られたと思ったのか、はたまた岩次のことだから、理屈をつけて女所帯に嫌がらせをしたかっただけかもしれぬ。とにかく、岩次は手下を連れて寺子屋に出かけて行ったのだ。破落戸に免疫のない女師匠は岩次とその手下どもを見て震え上がった。

女師匠が京橋に泊まりに行ったのも、岩次の嫌がらせに怯えたからであるらしい。

「小豆さんは一人で寺子屋にいたんですか」

思わず、女師匠を咎めるような口調になってしまった。

「小豆も連れて行くつもりだったみてえなんですがね」

言い訳のように侘助が言った。

小豆まで京橋に行ってしまっては寺子屋を閉めなければならない。そのことを小豆は渋ったという。

生き馬の目を抜く江戸の町で、女二人で生きて行くのは並大抵のことではない。小豆にしてみれば、岩次も怖いが、食えなくなる方がずっと恐ろしかったのだろう。

——ご飯を食べられないと困っちまうもんねえ。

オサキが言う。

「無鉄砲な娘だぜ」

侘助の声を追うように、寺子屋の屋根を叩く雨音が強くなった。

※

濡れ鼠になって、仔狐寮に帰ると仔狐人形が減っていた。

「これも岩次のしわざなのかねえ……」

周吉は首をひねる。竹四郎は不動を、そして侘助は岩次を犯人と決めつけているが、どうにもしっくり来なかった。

残り四体となった仔狐人形の前に、またしても文字の書かれた和紙が落ちている。

五人の仔狐が寺子屋で手習い
一人が落ちこぼれて、四人になった

四人の仔狐が大川へ出る
大きな魚が一人を飲み込み、三人になった

1

夕暮れ近くになってから、ようやく竹四郎が仔狐寮にやって来た。

しかも、一人ではなく、見るからに怪しげな連れがいた。猿のように毛深い四十くらいの小男である。

「浅草の熊蔵《くまぞう》さんだ」

上機嫌で連れの猿男を紹介すると、竹四郎は赤狐の間で酒盛りを始めた。

よく分からぬまま、周吉や娘たちも酒盛りの場に呼ばれた。

――お酒しかないねえ。

座るなりオサキが文句を言う。

確かに、竹四郎の持ち込んだ酒の他は、座敷につまみ一つ並んでいない。

まだ夕飯を食べていない娘たちも、不服そうな顔をしている。熊蔵でさえも「ちょいと食い物が欲しいですな」と言っている。

そんな一同を見て、竹四郎はにやりと笑うと、芝居がかった仕草で口を開いた。

「ちゃんと料理人を用意してあります」

竹四郎の言葉を合図に、がらりと襖が開いた。

白い狐の面が赤狐の間に浮かぶ。

「本所深川で一番の稲荷寿司を食わせる料理人です」

竹四郎の言葉に軽く会釈をすると、男はゆっくりと狐の面を外した。面とよく似た狐目のやさしげな顔が露《あら》わになる。

――稲荷寿司のお奉行様だよ、周吉。ケケケッ。

顔見知りを見つけて懐でオサキがよろこんでいる。

竹四郎に招かれて姿を見せたのは、稲荷寿司屋台の主人に身をやつして江戸の治安を守る〝狐の奉行様〟こと狐塚《きつねづか》であった。

「おやじさん、旨いものを食わしておくれよ」

狐塚の正体を知らぬらしい竹四郎は気楽な口振りで言った。

以前の事件で知り合ってからというもの、周吉はオサキに引っ張られるようにして、月に一度か二度は狐塚の屋台に顔を出している。

狐塚は岡っ引きの侘助どころか、八丁堀《はっちょうぼり》の与力・同心の上に立つ身分であり、周吉のような町人にしてみれば雲の上のお方である。本来ならば気安く話しかけられる相手ではない。

それが道化《どうけ》のように白狐の面を被《かぶ》り、稲荷寿司の屋台を引いているのだ。聞けば、道化のような真似をしているのも伊達《だて》や酔狂からでなく、もっともな理由からだった。

狐のような容貌の狐塚を知る者は多い。いくら本所深川が田舎でも、役人の一人や二人は歩いており、狐塚を知る者もいるであろう。奉行であることを知られては、町に溶け込み、下々の事情を知ることができぬ。そこで、狐塚は面で顔を隠しているのだ。

寺社奉行の縄張りで手を出しにくいがゆえに、お得意の屋台の主人姿でやって来たのかもしれぬが、いずれにせよ、お奉行様のやることではない。

しかし、周吉が狐塚を気にするのは身分云々《うんぬん》だけが理由ではない。

周吉の分とは別口で、親指ほどの大きさの稲荷寿司をのせた小皿が二つ、周吉の目の前に置かれている。周吉の目には、オサキと小太郎の分としか見えない。魔物以上に正体の知れぬ狐塚であった。

（狐塚様には魔物が見えるのかねえ）

すっかり考え込んでしまった周吉をよそに、稲荷寿司を頬張っては、

――やっぱりお奉行様の稲荷寿司は旨いねえ。ケケケッ。

――本当に美味しいね。

二匹の妖かしが脳天気によろこんでいる。

一方、竹四郎と熊蔵も盛り上がっている。ただし、二人の酒の肴は、油揚げではなく儲け話であるらしい。

「こいつは大儲けですな」

「あっしはいつだって、大儲けですわ」

――粋じゃないねえ。

オサキが大げさにため息をついている。それを見て、小太郎が真似をして、口のまわりに油揚げの破片をつけたまま、小さなため息をつく。

（おまえたちねえ……）

生意気な魔物二匹に何か言ってやりたいところだが、竹四郎と熊蔵の話はどんどん無粋な方向へと進んで行く。

熊蔵は浅草の見世物小屋の主人であるという。見世物小屋にもいろいろあるが、熊

蔵がやっているのは、いわゆる化け物小屋だった。

「河童《かっぱ》に一つ目小僧、唐傘お化けと何でもお見せしますぜ」

熊蔵はにやりと笑う。

――へえ。おいらも化け物を見てみたいねえ。

――そうだね。

もちろん、洒落や冗談ではあるまい。オサキと小太郎は真面目な顔をしている。今さらであるが、自分たちが魔物であるという自覚に欠けている。

「客が押し寄せますぜ」

熊蔵が大口を叩き、竹四郎がうれしそうに、にやりと笑う。

「そいつは楽しみですね」

竹四郎は減ってしまった娘たちの穴埋めとばかりに、浅草の見世物師の力を借りて儲けるつもりでいるらしい。

物見高いは江戸の常。

いんちき見世物と知りながら、浅草や両国の見世物小屋には人が押し寄せている。目新しい方法ではないが、手堅く人が集まりそうである。しかし、

「この大雨の中、見世物小屋を唐人神社でやるんですか」

紅赤が怯えた声で竹四郎に言った。

周吉にも紅赤の言いたいことはよく分かる。

ほんの数日、一緒に仔狐寮で寝泊まりしただけだが、娘たちは普通の町娘より信心深い。よいことをすれば極楽に行き、悪いことをすれば地獄に堕ちると信じ切っている。仏教説話を信じるように、唐人神社の言い伝えを信じているのだろう。

竹四郎の金儲けの道具にされていることを知りながらも、きっと心を込めて『十人の仔狐様』を歌っているに違いない。

他方、竹四郎は借金の取り立てに遭い尻に火がついているということもあって、神も仏も信じていないように見える。

巷《ちまた》では、女郎屋の主人のことを、仁義礼智忠信孝悌《てい》の八つを失った者という意味で〝亡八《ぼうはち》〟と呼ぶが、娘たちを食いものにしている竹四郎も亡八なのかもしれぬ。

「きっと盛り上がりますよ」

竹四郎は言うが、紅赤は返事をしない。

紅赤の怯えた様子で、酒の席がすっかり白けてしまった。

心なしか、少しずつ仔狐寮の屋根を叩く雨音が強くなっている。さらに、どこか遠くから人々の騒ぐ声が聞こえて来た。

「何かあったようですね」

料理を配っていた狐塚が手を休め、我が家にいるような自然な素振りで、赤狐の間の窓を開けた。

釣られて窓の外を見れば、いつの間にか、ばしゃりばしゃりと雨が激しく降っている。野分時分にも見たことがないほどの大降りである。

「こいつはやばいな」

狐塚の声が沈む。

騒いでいるように聞こえたのは、氾濫を心配して大川に向かう町人たちの声であったらしい。

狐塚は白狐の面をかぶると、竹四郎に頭を下げた。

「仕事中、すみませんが、ちょいと手伝いに行って参ります」

そして、竹四郎の返事も待たずに駆け出した。

「行っても仕方ないでしょうに」

馬鹿にしたように竹四郎が言い、熊蔵が大げさに笑って見せた。

一言、言ってやろうと周吉が立ちかけたとき、それより早くお琴が立ち上がった。

「わたしも大川に行きます」

居ても立ってもいられなくなったのだろう。

「お嬢さんが行ったたって仕方ないでしょう」

と、冷たく笑う竹四郎にお琴は返事をせず、狐塚の後を追いかけ、激しい雨が降る外界へと出て行った。

周吉はあたふたとお琴の後を追った。

2

土砂降りの雨が降り注ぐ大川堤で、本所深川の町人たちが傘も差さずに土嚢を積んでいる。

一足早く仔狐寮を飛び出した狐塚をはじめ、見知った顔がいくつもあった。身内だけにしても、鵙屋の主人の安左衛門やしげ女、番頭の弥五郎までもが泥だらけの姿で働いている。

――こいつは剣呑だねえ。

オサキが大川を見て言った。

大川の水位は上がり、泥水が渦を巻いている。いつ水が溢れてもおかしくない状態に見えた。

「手伝います」

周吉とお琴も土嚢を積み始めた。

しかし、雨はやむどころか、さらに強くなりつつある。町人たちの顔は、一様に暗かった。

やんだり降ったりをくり返す雨の下、かろうじて持ち堪えていた堤が今にも切れそうだった。

病は気からと言うが、こんな状態では明るい気分になれるはずがない。重苦しい胸のうちを映す鏡のように、町人たちの動きは鈍り始めている。

せめて心持ちだけでも明るくしなければ、過酷な土嚢積みなど続けられなくなってしまう。

（どうにかしないとね）

そうは思うが、本所深川で指折りの野暮助の周吉である。泥だらけの町人たちを前に、気の利いたことなど言えるはずがない。

それでも、無理やりに何か言おうと口を開きかけたとき、雨音に混じって娘の歌声が聞こえて来た。

四人の仔狐が大川へ出る
大きな魚が一人を飲み込み、三人になった

「この歌は、『十人の仔狐様』じゃねえか」

誰よりも早く声を上げたのは弥五郎だった。

大川堤へと続く雨降りの小道で、鮮やかな千草色・紅赤色・青藍色の唐傘三本が一列に並び、

くるりくるり――
――と、回っている。

「本物の本所深川いろは娘だぜ」

雨音を遮るほどの大声で、弥五郎が叫んだ。どよめきが波紋のように大川堤に広がって行く。

見れば、仔狐寮にいたはずの千草・紅赤・青藍の三人が、粋な唐傘片手に『十人の

仔狐様』を歌いながら歩いて来る。

大川堤の町人たちの前までやって来ると、三人の娘は一斉に差していた唐傘を放り投げ、歌をぴたりと止めた。大雨が容赦なく娘たちに降り注ぐが、三人とも瞬《まばた》き一つしない。

本所深川中の町人たちが、固唾《かたず》を飲んで見守る中、千草が口を開いた。

「わたしたちにも手伝わせてください」

本所深川いろは娘の登場により、大川堤の雰囲気は一変した。

それまで、むっつりと黙り込んでいた町人たちが、『十人の仔狐様』を歌いながら土嚢を積んでいるのだ。

――たいしたものだねえ。

オサキがしきりに感心している。

しかも、三人の娘はやって来ただけではなく、泥だらけになりながらも必死に土嚢を積んでいる。

もちろん、歌うたいが本職である娘たちなので、ろくに土嚢を運ぶことすらできず、年寄りよりも役に立っていない。

それでも、町人の誰一人として、娘たちを笑ったり、責めたりしなかった。大川が氾濫しそうなときだと言うのに、町人たちの顔には前向きな笑みが浮かんでいる。

時とともに、川岸に土嚢が積まれ、幸いなことに、雨が弱くなり始めた。とりあえず、大川の氾濫は防げそうだった。

町人たちが安堵《あんど》のため息をつきかけたとき、やたらと野太い声が大川堤に響いた。

「馬鹿なことをやってんじゃねえぜ」

雨の中、黒の着流し姿の破落戸どもが大川堤に現れた。人相の悪い男どもが十人二十人と雁首《がんくび》を揃えている。

雨に濡れているものの、誰一人として泥に汚れていないところを見ると、土嚢積みに来たわけではなさそうである。

一人だけ黒の着流しに雷模様をあしらった坊主頭の男が前に出て来た。年のころは三十前くらいであろうか、凄味《すごみ》のある美貌の男である。

男は千草たちに話しかける。

「こんな小汚ねえことしてねえで、さっさと帰りな」

とたんに千草たちが青ざめる。紅赤に至っては震えている。

名を聞くまでもなく、周吉には坊主頭が誰なのか分かった。竹四郎に金を貸した

〝闇雷の岩次〟とやらであろう。

案の定、千草は坊主頭の名を呼ぶ。

「岩次様、なぜここに？」

言葉こそ気丈であったが、周吉の目にも千草が岩次に怯えているのが分かった。

自分に怯える若い娘を見て、岩次がうれしそうに、にやりと笑う。

「なぜって、おめえたちのことが心配だからに決まってるだろうが」

岩次の言葉を聞いて、取り巻きの破落戸どもが、どっと笑った。そして、

「違《ちげ》えねえや」

「高く売れなくなっちまったら一大事だぜ」

「売る前にお楽しみもあるしな」

口々に囃し立てる。娘たちの顔色がいっそう暗くなる。

「――いい加減にしねえか」

口を挟んだのは弥五郎だった。先刻から様子を見るに、本所深川いろは娘を贔屓にしているらしく、弥五郎にしては珍しく、やたらと張り切っている。

「なんだ、てめえは」

岩次が冷たい目で弥五郎を睨みつける。娘どころか、大の男でも震え上がってしま

いそうなほど目つきが悪い。

しかし、弥五郎も負けてはいない。

岩次と千草の間に身体を割り込ませると、娘たちに声をかけた。

「向こうに行ってなせえ」

声が震え、よく見れば膝も軽く震えているが、弥五郎は娘たちを庇おうと精いっぱい見栄を張っている。

「でも……」

躊躇いながらも、千草たちは大川堤の木陰の方に逃げて行く。

「面白れえ兄ちゃんだな、ちょいと遊んでやるか」

手慣れた手つきで岩次は、すらりと匕首を抜いた。手下の破落戸どもが岩次に倣って匕首を抜く。

真っ青になりながらも、弥五郎はその場から逃げない。

がたがたと震える声で弥五郎は言う。

「本所深川は、おれらの町だ。関係ねえ金貸しは出て行きな」

弥五郎の言葉に、破落戸どもは黙り込んだ。町人風情に面と向かって、余所者《よそもの》扱いされたことがないのだろう。

「いい度胸だな」

岩次の顔から、すうと笑みが消える。

「弥五郎さん……」

周吉が割って入ろうとしたが、すでに間に合わない。

岩次の匕首が弥五郎の胸に走った。弥五郎は膝を震わせながら逃げる素振りも見せず、棒立ちになっている。

が、弥五郎の胸に突き刺さるその刹那、匕首の刃が真ん中あたりから、
ぽろり――

――と、地べたに落ちた。

「柳生《やぎゅう》新陰流、雨散らし」

男の声が聞こえた。

腰を抜かして、地べたにへたりと座り込む弥五郎と、呆然とした顔で刃の消えた匕首を見つめる岩次の前に、蜘蛛《くも》のように手足の長い老剣士が姿を見せた。

――お江戸の剣術使いだよ、周吉。

オサキが懐で騒ぎ出す。

「こんなところで、刃物を振り回すものではなかろう」

お江戸の剣術使い――柳生蜘蛛ノ介《くものすけ》は言った。岩次の匕首の刃を斬ったのは、蜘蛛ノ介であるらしい。

柳生新陰流の達人にして、加減を知らぬと本所深川でも評判の蜘蛛ノ介を見て、岩次たちの腰が引け始める。

「おぼえてやがれッ」

悪党らしい決まり文句を吐き捨てると、岩次たちは逃げるように大川堤から立ち去った。

後には、本所深川の町人たちが残った。

3

蜘蛛ノ介に礼を言う暇もなく、立て続けに事件が起こった。

雨が上がりかけた大川堤に、若い娘の悲鳴が響いたのである。

「だ、だ、誰か……。誰か来てくださいッ」

ずいぶん取り乱しているが、千草の声のようだ。

岩次たちの仲間が残っていたのかと駆けつけてみると、千草と青藍が震える指で大川の川面を指さしている。

「紅赤ちゃんが……」

二人を宥めながら事情を聞いてみると、岩次たちに気を取られて、目を離した隙に紅赤が大川に落ちたというのだ。

川面に目を移しても、泥水が渦巻いているだけで紅赤の姿はどこにもない。荒れ狂う泥水に飲まれては、大人の男でも助かるまい。

「とんでもねえことになりやがったな」

弥五郎が呟いた。

その後、町人たちは棒を大川に突き込んでみたが、どんなにさがしても、やはり紅赤は見つからなかった。

紅赤の死骸が見つかったのは、暮れ六つの鐘が鳴る夕暮れすぎのことだった。

漁師の使う投網を大川に打ってみたところ、泥と一緒に変わり果てた紅赤の死骸が上がったという。

知らせを聞いて、小豆のときと同じく周吉が死体の身元を確かめに行ったが、間違いなく紅赤本人だった。

「こんなに、次々と娘が死ぬなんて、どうなっちまってんだ」

侘助が頭を抱えていた。

間違って大川に足を滑らせたと考える者も多いらしいが、侘助は事件を疑っているらしい。確かに、消えてしまった不動に、闇雷の岩次、借金まみれの竹四郎と怪しげな役者は揃っている。

言葉を失って、呆然と大川を眺めていると、どこからともなく紅赤色の着物を着た人形が流れて来た。

あっという間に、大川の濁流に飲み込まれ姿を消したが、周吉の目には仔狐寮に並べてあるはずの仔狐人形の一体に見えた。

※

仔狐寮に帰り白狐の間に入ると、やはり仔狐人形が減っていた。

いつものように、墨色も鮮やかに歌詞が書かれた和紙が残されている。

四人の仔狐が大川へ出る
大きな魚が一人を飲み込み、三人になった

――紅赤も死んじまったねえ。
オサキが言った。
こうして、十体あったはずの仔狐人形は、残り三体となってしまったのであった。

三人の仔狐が見世物小屋へ 大きな熊が一人を抱き締め、二人になった

1

紅赤の死骸が上がった翌朝のことである。

「歌姫様選びを止めるなんてことをしたら、暴動が起きますよ」

仔狐寮にやって来た侘助は渋い顔をしている。玄関先で、周吉と侘助は二人で立ち話をしていた。

「はあ……」

周吉は曖昧に返事をする。他に返事のしようがなかった。

小糸の伝説を信じているわけではないが、昨日の大川の一件を見ても本所深川いろは娘が町人たちを力づけていることは明白である。

町人たちが命がけで積み上げた土嚢と、弱くなった雨のおかげで大川堤は守られた

ものの、まだまだ予断を許さない状態にある。

紅赤の死を受けて、狐塚や侘助は本所深川いろは娘の歌姫様選びを中断して、本格的に犯人さがしをしたかったらしいが、もはや中断できる雰囲気ではなかった。

土嚢積みの最中に現れた三人の娘たちは語り草となり、町人たちは『十人の仔狐様』を歌う娘たちが本所深川を救ってくれると信じているのだ。

「歌姫様が決まれば、きっと雨もやむぜ」

町人たちの声が聞こえて来るようである。

町奉行といえども、町人たちの声を無視して、娘たちの歌を止めることはできなかったというのだ。

ましてや、竹四郎が借金を返せなければ、千草と青藍は岩次の手に落ちてしまうのだ。

――困ったものだねえ。

オサキが周吉の懐で首をかしげているが、本当の困り事はこれからだった。

言いにくそうな顔を見せながら、侘助が口を開く。

「もしかすると、奉行所で話を聞かせてもらうかもしれませんぜ」

乗り気になれる話ではないが、これだけ大事になってしまったのだから、奉行所に呼び出されても仕方あるまい。

　奉行である狐塚が知り合いとはいえ、奉行所には与力や同心もいる。誰かが話を聞きたいと言い出せば、人が何人も死んでいるだけに、奉行所に呼び出されるのは当然のことであろう。

「へえ」

　力なくうなずいた周吉を見て、侘助が頭《かぶり》を振る。

「奉行所に来てもらいてえのは、手代さんだけじゃありませんよ」

「まさか……」

　嫌な予感に襲われ、周吉の声が掠《かす》れた。

　しかして、そのまさかであった。

「お琴お嬢さんの話も聞きてえそうなんです」

　侘助は詫《わ》びるような口振りで言った。

　とたんに周吉の顔から血の気が引いた。

「それだけは勘弁していただけませんか」

　周吉は侘助に縋りつく。

　周吉が焦るのも当然のことだった。

ただでさえ今回の事件で、お琴は本所深川どころか江戸中の注目を集めている。そんなお琴が奉行所に呼び出されたとあっては、本所深川いろは娘殺しの下手人扱いされるのは必至である。嫁入り前の娘にとって、よろこばしい話ではない。

そのことを百も承知しているので、侘助も言いにくそうにしているのだろう。

なおも縋りつく周吉に、侘助は言う。

「あっしには、どうすることもできねえことですから」

十手片手に町の治安を守る岡っ引きであるが、実のところ幕府の正式な役人ではない。身分でいえば八丁堀の役人の奉公人である。奉行所に呼ぶ呼ばないを決める権限などあろうはずもない。その証拠に、侘助は、周吉とお琴がいつ奉行所に呼び出されることになるのかすら知らないという。

困り顔の周吉に侘助が気の毒そうに言った。

「呼び出しがかかるまでに、事件が解決するといいんですがね」

2

小雨の降る昼下がりのこと、周吉は唐人神社の境内にやって来ていた。本所深川いろは娘の舞台の時刻である。

オサキと小太郎をお供に、周吉は舞台の袖に立っている。

――おいら、ちゃんと見るのは初めてだねえ。ケケケッ。

脳天気に懐のオサキがよろこんでいる。

――たくさん人がいるね。

周吉の右肩の上で、小太郎がきょろきょろと周囲を見回している。

千草、青藍、紅赤の三人が大川堤で『十人の仔狐様』を歌ったことにより、いっそう観客が唐人神社に押し寄せていた。飛ぶように本所深川いろは娘の手ぬぐいが売れて行く。

意外なことに、浅草の見世物師・熊蔵のいんちき見世物の評判も上々だった。

しかし、舞台の上は墓場のように静まり返っていた。

そもそも唐人神社の舞台は、十人の娘たちが一斉に上がることを念頭に作られており、三人となってしまうと、いかにも寂しげである。

さらに相も変わらず、お琴は歌おうとしないのだ。

十人でうたう歌を、千草と青藍の二人でうたっているのだから、寒々しくなるのも当然であろう。

ここで三人の娘たちが喧嘩でも始めれば、それなりに賑やかにもなろうが、千草と青藍はお琴を見ようともしない。歌わぬお琴に腹を立てているというより、むしろ、二人の娘はお琴に怯えているように見える。

舞台の上の不穏な空気は観客たちにも伝わっているのか、ざわざわと落ち着きのない話し声が舞台の袖の周吉にも聞こえて来た。

「ずいぶん静かな舞台だな」

「仕方ねえだろう。何しろ、紅赤を殺したのは、お琴だって言うじゃねえか」

「おう、大川に突き落としたって話だよな」

野次馬どもの声はお琴にも届いているだろう。舞台の上で、お琴は一人俯《うつむ》いて唇を噛んでいる。これまで歌う真似くらいしていたのかもしれないが、素人娘が人殺し扱いされているのだから、歌うどころか顔を上げられなくなるのも当然のことである。

野次馬たちは容赦なく、聞こえよがしとばかりに、お琴の噂を続ける。

「どうして歌わねえんだい、お琴は」

「ちょいとぐれえ顔がいいからって、調子に乗ってるんじゃねえのか」

針の上の筵《むしろ》に耐え切れず、ぽろりぽろりとお琴が涙を零し始めた。

何人かの男連中は、お琴の涙を見てひそひそ話をやめたが、中には、いっそう意地の悪いことを言う者もいた。

「女の涙なんぞ、信用できるかよ」

「泣いて誤魔化そうなんぞ、太え娘だぜ」

——お琴は腹黒いねえ。ケケケッ。

なぜか、オサキまでが観客の尻馬に乗っている。魔物だけあって人でなしである。

周吉は気が気じゃない。

手堅い商売をする鵙屋の一人娘で、〝本所深川小町〟と呼ばれ何不自由なく暮らしていたはずのお琴が、今や、千草と青藍に嫌われ、奉行所に目をつけられた上に、町人たちにまで白い目で見られているのであった。

——お琴も歌えばいいのにね。

小太郎も呟いた。

それも疑問の一つである。

下手人扱いされるようになった今は仕方ないにしても、これまでも嫌そうな顔を見せながら唐人神社の舞台に立つものの、一度たりともお琴は歌おうとしないのだ。

娘たちにとって、本所深川いろは娘の真ん中で歌う〝歌姫様〟は憧れの的であり、誰もが必死に目立とうとしていた。そんな中で、お琴一人が歌わぬものだから、これまでもやたらと目立っていた。

娘たちが立て続けに死んでいるため、見落としがちだが、お琴が歌わぬのも大きな謎だった。

周吉には、娘たちが『十人の仔狐様』の歌の文句通りに死んで行く理由も、さらに、仔狐人形が一体また一体と減って行く理由も分からなかった。

（分からないことだらけだね）

周吉はため息をついた。


その夜、竹四郎が熊蔵を相手に、赤狐の間で宴会を開いていた。竹四郎に誘われ、娘たちとともに周吉も隅の席に座っていた。

「大成功でしたな」

竹四郎は上機嫌で、しきりに熊蔵に酒を勧めている。

確かに、熊蔵の見世物である人喰《く》い熊は話題を集めた。

しかし、蓋を開けてみれば、いんちき見世物によくある話だが、人喰い熊と言いながらただの作り物の熊だった。しかも、さほど大切な熊ではないのか、雨ざらしのまま外に放置されていた。

――熊がかわいそうだねえ。

オサキが作り物の熊に同情している。

もちろん、オサキも作り物の熊だということは知っている。

――おいら、本物の化け物を見たかったのにねえ。

――本当だね。

オサキと小太郎ががっかりしている。この調子では、明日は人喰い熊を目当てに来る者はいないだろう。

竹四郎も魔物二匹も、続く本所深川いろは娘の死に触れようとしない。

疲れ切っているのか、すっかり表情を無くしている娘たちは、無言のまま食事を終えると、何も言わずに赤狐の間から出て行こうとする。

竹四郎も声をかけようとせず、取らぬ狸《たぬき》の皮算用――明日の儲けの計算に夢中になっている。

赤狐の間から出て行く三人の娘の小さな背中を見ながら、周吉は震えるほどの嫌な予感に襲われていた。

――また雨が強くなって来たねえ。

雨音を聞きながら、オサキが呟いた。

3

イザナギとイザナミの国生みの時代から、歴史上やまなかった雨はないというが、すべての物事には最初がある。たった今、降っている雨が、歴史上初めてのやまない雨なのかもしれぬのだ。本所深川に降り続く雨がやむという保証はどこにもなかった。

雨音の中、お天道様の見えない何度目かの朝が本所深川に訪れた。

――おいら、まだ眠いねえ。

オサキはわざとらしく欠伸をする。

不動が姿を消して以来、食事もいい加減になってしまった。そのため、オサキはもともとたいして持っていないやる気のすべてを失っている。

――もう歌はいいよ、おいら。いくら聴いても同じだしねえ。

オサキときたら周吉の懐から抜け出して、温かい布団に潜ろうとしている。

周吉だって、昨日のような寒々しい舞台なんぞ見たくもなかった。

オサキや小太郎のような魔物を見ることのできる周吉だが、人死《ひとじ》にに慣れているわけではないのだ。原因不明のまま、立て続けに死んで行く若い娘たちを目のあたりにして、身も心も疲れ切っていた。オサキに声をかける気力もない。

オサキの真似をして、「もう歌はいいよ」と言ってやりたい気分である。

もう少しだけ布団で横になろうかと、オサキの隣に潜り込みかけたとき、

「周吉さんッ」

と、仔狐寮の外からお琴の叫び声が聞こえた。

もう事件はごめんだと吐き気に襲われながらも、お琴を放っておくことはできない。

周吉はオサキを懐に押し込むと、雨降りの外界へと駆け出した。


仔狐寮の裏庭に二人の娘が立ち尽くしている。

傘こそ差しているが、ぴくりとも動かず、その姿はまるで魂のない人形のようだった。

周吉はおずおずと声をかける。

「お琴お嬢さん」

「周吉さん……」

お琴が左手で、前方を指さした。

白魚のように白いお琴の指先には、大人ほどもある大きな作り物の熊が置かれてい

た。言うまでもなく、浅草の熊蔵の熊である。

周吉には、お琴が何を伝えようとしているのか分からない。

「お嬢さん」

と、再び、声をかけようとしたとき、突然、

ぴかッ――――

――――と、雷が光った。

一瞬、薄暗い地べたが明るくなり、それが周吉の目に飛び込んで来た。

「また……」

思わず周吉の口から零れた台詞を耳にして、お琴の隣に立っていた千草が表情のないのっぺりした声で言った。

「そう。また死んじゃったみたい」

作り物の熊に抱かれるようにして、青藍が死んでいた。雨に血が流され、よく見ないと分からないが、近寄ってみると手首が切られている。

※

冷たい雨の中、奉行所の役人の手先らしき男が、青藍の死骸を乗せた大八車を引いて行く。

白狐の間に置かれた仔狐人形は残り二体となり、例の和紙が置かれていた。

三人の仔狐が見世物小屋へ
大きな熊が一人を抱き締め、二人になった

「もうやめて……」

千草が力なく仔狐人形に向かって呟いた。

そして、娘は残り二人となった。

二人の仔狐がひなたぼっこ 一人がじりじり焦げついて、一人になった

1

半刻後、周吉はお琴と千草を連れて仔狐寮から逃げ出した。

娘たちが次々と死んでいくだけでも面妖なのに、本所深川を大水から救ったはずの『十人の子狐様』の歌詞の通りに人が死んでいく。仔狐寮で何が起こっているのか、周吉には分からなかった。

ただ、もうこれ以上、目の前で娘が死ぬことに耐えられない。このままではお琴や千草の命も風前の灯《ともしび》のように思えたのだ。

周吉たちは唐人神社の裏の雑木林の中を駆けていた。お琴も千草も、人死にの続く仔狐寮に怯えたのか、文句一つ言わずに、周吉の言うがまま、傘も差さずに雑木林を駆けていた。

──おいら、周吉が犯人を見つければいいと思うねえ。ケケケッ。

オサキは無責任なことを言うが、周吉は岡っ引きではない。ただの手代が犯人さがしなどできるはずがない。

しかも、懸かっているのはお琴の命なのだ。岡っ引き気取りで下手なことをするよりも、仔狐寮から一歩でも遠くに離れた方が安全であろう。

──雨が強くなって来たよ、周吉。

オサキが懐から、ちょこんと顔を出した。

葉を打つ雨音が、人の子たちの会話を遮るほどになっている。そのため、周吉もお琴や千草に話しかける気にはなれずにいた。

仔狐寮を飛び出して、ひたすら駆けてはいるものの、身寄りのない周吉には行く当てなどなかった。

お琴と千草を死なせぬためとはいえ、大水除けの儀式とも言える本所深川いろは娘の舞台をぶち壊しにしたのだ。鵙屋夫婦が庇ってくれたとしても町人たちは周吉を許すまい。本所深川に、もはや周吉の居場所はないだろう。

(お琴を鵙屋に届けて、町から出て行こう)

親切な鵙屋夫婦であれば、お琴だけでなく、身寄りのない千草の力になってくれるだろう。

周吉自身はオサキと一緒に、人のいないどこぞの山で暮らせばいい。

(やっぱり、こうなっちまったね)

心のどこかで、いつかこの日が来ると思っていた。

オサキモチの周吉が、いっぱしの町人顔をして暮らしている方が無理があるのだ。周吉の両親はオサキモチの血筋であるがゆえに、生まれ故郷の三瀬村で村人たちに殺されている。

鵙屋の主人・安左衛門は周吉をお琴の婿にするつもりらしいが、いつオサキモチであるとばれるか分かったものではない。

あのときと同じ思いを二度とくり返さないためにも、町から姿を消す潮時とやらなのだろう。

――そいつは仕方ないねえ。ケケケッ。

雨音のせいか、オサキの声がいつもよりくぐもって聞こえた。

そのとき、何の前触れもなく、今まで無言で駆け続けていた千草の足が雨の雑木林の中で、ぴたり――

――と、止まった。

釣られるように、周吉とお琴も足を止めた。

――千草が何か言ってるねえ。

オサキが周吉の懐から、ちょこんと首を出し、聞き耳を立てているが、雨音が強すぎて魔物ですら聞き取れぬらしい。

言葉を聞き取ろうと、周吉が二歩三歩近づいたとき、千草が脱兎《だっと》のごとく駆け出した。千草の向かう先には、先刻、逃げ出したばかりの仔狐寮がある。

――周吉、煙だよ。仔狐寮から煙が上がっているねえ。ケケケッ。

見れば、雨の中でもはっきりと分かるほどの煙が仔狐寮から上がっていた。

――火事みたいだねえ。

呑気な口振りでオサキが言った。

周吉はお琴を連れ、千草の後を追った。

神社の裏に広がる雑木林など、そもそも人の通る道ではない。ましてや、この雨の中である。

オサキモチである上に、何年も山の中で暮らしていた周吉にとっては雑木林などものの数でもないが、お琴は上手く走ることができない。

雨を吸った雑木林の土はひどく泥濘み、お琴は何度も転びそうになる。

「周吉さん、先に行って」

と、お琴は何度も言い、

——まったく、お琴は邪魔だねえ。先に行こうよ。

オサキも周吉を促すが、不可解な人死にが続く中、お琴を一人にすることなどできない。そもそも、お琴の世話をするために、周吉は仔狐寮にやって来たのだ。

思うように進むことができず、仔狐寮に辿り着くのがすっかり遅くなってしまった。

火が出たのは赤狐の間らしく、外に面した壁が燃え尽きて崩れていた。

——火は消えちまったようだねえ。

オサキの言うように、すでに鎮火していた。壁が崩れたことにより、部屋の中にも大雨が降り注ぎ、大火事になる前に火を消したのだろう。

「人を呼んで来ます」

お琴は言うと、唐人神社へ向かった。

仔狐寮の火事に気づかぬくらいだから、唐人神社も無人であるかもしれぬが、行ってみても損はない。

周吉もお琴を追いかけた。

——今日は何だか忙しいねえ。

周吉の懐でオサキが呟いた。

2

雨はますます強くなっていた。

空の底が抜けたような豪雨となり、今や、目を開けることすら苦痛だった。こんなひどい雨は見たことがない。

——冷たいねえ。おいら、風邪を引いちまうよ。ケケケッ。

オサキが文句を言っている。

大雨のため視界も悪く、唐人神社の境内にやって来たものの、お琴の姿を見失ってしまった。

嫌な予感が周吉の胸の中で、刻一刻と大きくなって行く。

周吉はオサキに言う。

「お琴お嬢さんをさがして来ておくれ」

周吉が歩き回るより、魔物のオサキがさがした方が明らかに手っ取り早い。

――周吉もお琴も世話が焼けるねえ。

ぶつぶつ文句を言いながらも、オサキは周吉の懐から飛び出した。

空気を吸い込むように、ぐぐんと大きくなり、地べたに降り立ったときには仔犬ほどの大きさになっていた。

さらに、面妖なことに、大きくなったオサキは少しも濡れていない。よく見ると、雨がオサキを避けるようにして降っている。

「頼むよ、オサキ」

周吉が頭を下げると、オサキは大げさにため息をつき、

――面倒くさいねえ。

と、言いながらも、激しく降りしきる雨の中に姿を消した。

オサキが行ってしまい、一人になった周吉は火事の跡を見ていた。

江戸の町に火事は多く、周吉もそれなりに焼け跡を見ている。火の用心のため、火

消しの話を聞く機会も多い。

「こいつは火の不始末じゃないね」

周吉は呟き、赤狐の間に足を踏み入れる。

最初は台所から火が出て、その火が赤狐の間まで延びたのかと思ったが、中を覗き込んでみても、台所には燃えた形跡一つない。

きれいに赤狐の間の壁だけが燃えているのだ。まるで、仔狐寮から逃げてしまった周吉たちに見せつけるかのように——。

「まさか……」

呟きかけたとき、背後からばしゃりと水たまりを踏む音が聞こえた。お琴が戻って来たのかと振り返ったとたん、周吉の着物の袖が、
すぱん——

——と、斬られた。

咄嗟《とっさ》に、周吉は激しく降りしきる大雨の中に身を投げ、気配を消した。

得体の知れぬ恐怖を感じたとき、人はお天道様や提灯《ちょうちん》などの〝光〟を求めるものだ

が、オサキモチである周吉は〝陰〟に姿を隠す。

お天道様の沈む夜ではないが、大雨を降らせている重苦しい雨雲のおかげで、昼と思えぬほどに辺りは暗い。闇に溶けた周吉の姿は、人の子には見えないはずである。

「どこに消えやがったッ」

男の怒鳴り声が聞こえた。

降りしきる雨の中、匕首を片手に浮かび上がったのは、行方をくらましていたはずの不動だった。

無口で、滅多に表情を変えることのなかった不動が、髪を振り乱し、鬼のように殺気立っている。

「出て来やがれッ」

雨音に負けぬほどの怒声が響く。明らかに、不動は周吉の命を狙っている。

周吉だけならともかく、お琴や千草がいつ姿を見せるか分からぬ状況である。

(仕方ないよね)

自分に言い聞かせるようにため息をつくと、周吉は不動の目の前に姿を浮かび上がらせた。

匕首を持った相手を前にして、周吉は目を閉じている。

誰もいなかったはずの暗闇に、突然、若い男が現れれば誰だって驚く。しかも、周吉は穏やかな顔で目を閉じているのだ。

不意をつかれて、不動は棒立ちになった。

周吉の瞼《まぶた》がゆっくりと開かれた。

真っ黒だったはずの周吉の目玉が、鈍色に変わっている。周吉の目に射竦まれたように、不動の身体はぴくりとも動かない。

不動の目を覗き込むと、呪文でも唱えるように周吉は言った。

「妖狐の眼《め》」

とたんに雨の色が変わった。

濁った錆《さび》色の雨が不動に降り注ぐ。

一瞬、きょとんとした顔を見せた後、不動は雨音をかき消すほどの悲鳴を上げた。

雨水で泥の川のようになっている地べたを、不動がばたばたとのたうち回る。

いつしか、不動に落ちる雨が錆びた釘となっていた。数百、数千の錆びた釘が不動の身体に降り注ぐ。

オサキモチの使うこの術は、平安の昔より〝妖狐の眼〟と呼ばれ、他人《ひと》に幻を見せると言われている。実際、数千の錆びた釘に貫かれたはずの不動の身体には傷一つついていない。

しかし、錆びた釘で全身を貫かれる感覚は本物そっくりなのだろう。男伊達の不動が気を失ってしまった。

オサキが戻って来たのは、雨ざらしの不動を、赤狐の間に引き込んだ、そのときであった。雨の中、駆けて来たはずなのに、オサキは息一つ乱れていない。

——周吉、お琴と千草がいたよ。

ついて来いとばかりに、オサキがやって来たばかりの唐人神社へ向かって駆けて行く。

再び、周吉は篠《しの》突く雨の中に足を踏み入れた。

3

一寸先も見えないほどの豪雨の中、オサキに連れられ辿り着いたのは、本所深川いろは娘が歌をうたう唐人神社の舞台の上だった。

——あそこにいるねえ。

オサキが言う。

近づきながら、よくよく目を凝らすと、舞台の上に、二つの娘の影が見える。一人は棒立ちで、もう一人は舞台の上で倒れている。

「お琴お嬢さん」

歩み寄って、周吉はお琴の耳元で名を呼ぶ。

屋根のない舞台で、傘も差さずに立ち尽くしているお琴は、見るも無惨なくらいに濡れている。髪も乱れ、顔に張りついている。

お琴は周吉に言う。

「動かないの」

舞台の上で倒れていたのは、一足早く仔狐寮に辿り着いたはずの千草だった。身にまとっている千草色の着物が、ところどころ黒く焦げている。

——みんな死んじまったねえ。

オサキが千草の死を告げた。

仔狐寮に戻ると不動の姿は消えていた。その代わりに、小太郎が赤狐の間の真ん中にぽつんと座っている。

「不動さんはどこに行ったんだい？」

周吉が聞いても、小太郎は首を振り、

――知らないよ。

と、力なく言うばかりで、要領を得ない。魔物相手に、無理に何かを聞いても無駄である。

仕方なく、周吉は小太郎を右肩に乗せると、白狐の間に向かった。

※

白狐の間に足を踏み入れたとたん、周吉の口から力の抜けたため息が漏れた。千草色の着物を着た仔狐人形が消え、とうとう残り一体となっていた。
退屈な決まり事のように、和紙が置かれている。
二人の仔狐がひなたぼっこ
一人がじりじり焦げついて、一人になった
そして、本所深川いろは娘は誰もいなくなった。

一人の仔狐が一人ぼっちで暮らしていたが、歌うたいと結婚して、誰もいなくなった

1

周吉が言葉を失い、琴柄の着物を着た仔狐人形を見つめていると、天を劈《つんざ》くほどの悲鳴が聞こえて来た。

何が起こりつつあるのか、周吉にもすぐに分かった。

「周吉さん、大川が」

お琴は濡れ鼠のまま、氾濫しかけている大川に向かって駆け出した。慌てて周吉もお琴の後を追う。

激しい雨が降り続いたため、すでに大川の水は溢れ始めていた。

空を見上げても、雨雲は分厚く、雨がやむ気配など微塵もなかった。

女、子供、年寄りを避難させようと、大声を張り上げている男たちの姿がところどころにあった。

改めて大川の水面に目を落とせば、どす黒い流水が禍々《まがまが》しいばかりに渦を巻いている。今にも暴れ出しそうである。

呆然と大川堤に立ち尽くしていると、それまで黙っていた懐のオサキが周吉に言った。

——小太郎がいなくなっちまったねえ。

見れば、肩の上に乗っていたはずの小太郎の姿が消えている。

(小太郎はどこに行ったんだい?)

はち切れんばかりの不安に苛《さいな》まれながらも、周吉はオサキに聞いた。

——おいら、知らないねえ。

この期に及んでもオサキはやる気がない。

かつて大水から本所深川を救ったことになっている伝説の九尾狐・小太郎までが、姿を消してしまったらしい。

小太郎の伝説を信じていたわけではないが、場合が場合だけに、周吉の心はずんと重くなる。

――見捨てられちまったのかねえ。ケケケッ。

オサキが追い打ちをかけるようなことを言う。

（おまえねえ……）

と、オサキに一言、言ってやろうとしたとき、大川堤の男たちがやって来たばかりのお琴に気づいた。

男たちは豪雨に負けぬほどの大声で喚き立てる。

「この前みてえに歌を歌ってくれねえか」

「雨をやませるには、『十人の仔狐様』しかねえ」

「本所深川を救ってくれ」

町人たちにしてみれば、娘たちと一緒の舞台に立っていたお琴は、本所深川いろは娘の一員にしか見えないのであろう。

溺れる者は藁《わら》をも摑む。困ったときの神頼み。ましてや、目の前にいるのは、『十人の仔狐様』を歌い上げる歌組の一人なのだ。町人たちが縋りつくのも当然のことだろう。

実際、一昨日も、千草・青藍・紅赤の三人が『十人の仔狐様』を歌った後に、それまで土砂降りだった雨が弱くなっている。

男たちだけでなく、女、子供、年寄りに至るまで、大川堤に集まった町人たちのほとんどがお琴に声をかけ始めた。

「助けておくれよ、お嬢さん」

「お琴ちゃん、お願い」

皆、一様にお琴が歌えば、雨がやむと信じ切っている。

――お琴は大変だねえ。

珍しく、オサキがお琴に同情した口振りで言った。

大変なんぞという生易しいものではなかろう。縋りつく町人たちの気持ちも分かるが、神頼みよろしく頼られたお琴にしてみればたまったものではない。

端で見ているだけの周吉なのに、胃の腑のあたりがきりきりと痛んだ。

お琴に至っては生きた心地もしないだろう。真っ青を通り越して、顔色が白くなっている。

「落ち着いてください」

と、必死にお琴を庇おうとするが、誰一人として周吉の言葉など聞いていない。

口々に、歌え歌えと喚き続けている。

お琴が困っている間にも、大川から溢れる水の勢いが刻一刻と強くなって行く。

大川から溢れた水は、間もなく膝丈に達しようとしていた。このまま、大川が氾濫すれば、周吉とお琴もろとも濁流に飲まれてしまうだろう。

今まで歌うことを拒んでいたお琴であるが、こうなってしまっては歌うしかない。

「十人の仔狐が……」

蚊の鳴くような声でお琴が歌い出した。

あまりに声が小さかったため、町人たちには聞こえなかったようだが、周吉とオサキの耳にはお琴の歌声が届いた。

「これは……」

と、言葉を失う周吉の懐でオサキが顔をしかめた。

――下手くそな歌だねえ。

お琴はひどい音痴であった。

江戸っ子は見栄っ張りと相場が決まっており、恥をかくことを死ぬより嫌っている。江戸で生まれ育ったお琴が、人前で歌えるはずがない。

――こんな歌で雨がやむわけないねえ。

オサキはひどいことを言うが、町人たちも同じことを思っているらしく、いっそう顔色が暗くなる。

それでも、お琴は目に涙を溜《た》めながらも必死に歌う。

「おれたちも歌おうぜ」

最初に歌い出したのは、弥五郎だった。雨に打たれながら、弥五郎はお琴と一緒に『十人の仔狐様』を歌う。

弥五郎もお琴に負けず劣らずの音痴だった。ほんの一瞬、静まり返った後、町人たちが口々に言う。

「任せておけねえな」

「あたしの方が上手く歌えるよ」

「よし、歌うか」

一人また一人と、町人たちは『十人の仔狐様』を歌い始めた。雨音を掻き消すほどの歌声が大川堤に広がった。

しかし、現実は伝説のようにはいかない。どんなに『十人の仔狐様』を歌っても、雨はやむ気配さえ見せなかった。

お琴たちの歌声を遮るかのように、大川堤に桃色の唐傘が、
くるり――――

――と、開いた。

あまりに色鮮やかな唐傘を目の当たりにして、町人たちの歌がぴたりと止まった。雨音の他、何も聞こえぬ中、桃色の唐傘の下から若い娘の力強い歌声が大川堤に響き渡った。

一人の仔狐が一人ぼっちで暮らしていたが、
歌うたいと結婚して、誰もいなくなった

朗々たる美しい歌声が天に響くたびに、激しく降っていたはずの雨が弱まった。

そのとき、桃色の唐傘の下から九つの尾を持つ金色の仔狐が現れた。

金色の九尾狐は、小桃の歌声を吸い込むように、本所深川の空へと駆け上がり、こんと鳴くと、瞬く間に九匹に分裂した。

九匹の仔狐たちは、小桃と一緒に『十人の仔狐様』を歌い出す。

桃色の唐傘の娘と九匹の仔狐が『十人の仔狐様』を美しい声で歌い続けると、今までしつこく降り続けたのが嘘のように雨がやんだ。

「まさか……」

町人たちが顔を見合わせる。

瞬く間に雨雲が千々に割れ、お天道様が顔を出した。

濃い桃色の唐傘を差していた娘の姿が、日射しを浴びて大川堤に浮き上がる。

小柄な身体に小粋な桃色の着物、そして美しく力強い歌声と揃えば、どんな鈍い者でも桃色唐傘の娘の正体に気づく。

「生きていたのかい、小桃」

弥五郎は言った。

町を大雨から救ったのは、溺れ死んだはずの本所深川いろは娘の歌姫様・小桃であった。

小桃の後ろには、付き添うように不動が控え、右肩に姿を消したはずの小太郎が澄ました顔で乗っている。いつの間にか、九匹の仔狐は姿を消していた。

静まり返った大川堤で、小桃は桃色の唐傘を閉じると、思い詰めたような顔で口を開いた。

「何もかも、わたしのせいなんです」

小桃は泣き崩れた。

2

江戸の町では珍しくもない話だが、小桃は父母の顔を知らぬ捨て子である。赤子のころに、本所深川に捨てられた。

赤子だった小桃を拾ってくれたのは、初音《はつね》という四十すぎの小唄の女師匠だった。夫婦で小間物屋をやっていたが、子供の生まれぬまま夫に先立たれ、店を畳んで小唄の師匠を始めたという。小桃は初音のことを「おっかさん」と呼んでいた。

遠い昔、すでに鬼籍に入った夫と一緒になる前も小唄の師匠をやっていたというが、小桃は詳しい話を聞いていないし、初音も話そうとしない。

若いころは小唄の師匠で食えなかったと言っている初音であるが、四十をすぎて声に艶が出たのか、小桃と暮らし始めたときには、食うに困らぬだけの弟子に恵まれていた。

三味線を爪弾きながら透き通ったように美しい声で歌う初音の小唄は、幼い小桃の耳にも心地よかった。

門前の小僧習わぬ経を読む。

教えられたわけでもないのに、いつの日からか、小桃は耳でおぼえた小唄を口遊み始める。

（おっかさんみたいになりたい）

小桃が小唄の師匠に憧れるのは、当然のなり行きであった。

しかし、初音は小桃に小唄を教えようとしなかった。

「芸人になんぞならなくていいから、ちゃんとした人のおかみさんになりなさい」

耳に胼胝《たこ》ができるほど初音は言うが、正直なところ、小桃は捨て子の自分がおかみさんとやらになれるとは思っていない。

初音をはじめ大人たちは小桃にやさしかったが、子供というのは残酷なもので、どこで聞きかじったのか、

「親なし子、親なし子」

と、小桃のことをからかった。

意地の悪い子供たちを殴ってやろうかと、小さい拳を握りしめたこともあったが、近所と諍いを起こし初音に迷惑をかけるのが怖くて、結局、泣きべそをかくだけで言い返すことさえできなかった。

泣いた顔を見せると初音が心配する。だから、近所の子供たちに泣かされた日には、

誰もいない唐人神社の境内で、小唄を歌いながら涙が引くのを待つのだった。

そんなとき、小桃は思うのだ。

(本当のおっかさんじゃない人に、迷惑をかけたらいけないんだ)

初音のことが嫌いだったわけではない。むしろ、初音の他に好きな人間などいない。

初音に嫌われ、家を追い出されるのが怖かった。ずっと初音と二人で暮らしていたかったのだ。

しかし、会うは別れの始めとはよく言ったもので、小桃が十になった年の春、とうとう初音と別れるときがやって来た。

冬に引いた風邪をこじらせ、二月三月寝込んだ後で、初音はあの世とやらへ行ってしまった。

あまりに突然の別れに、小桃は呆然とするばかりで涙一つ零れない。もう二度と初音に会えないことが信じられなかった。

初音が死んでから知ったことだが、赤子の小桃を拾ってくれた初音自身も捨て子だったという。

「初音師匠も独りぼっちだったからねえ」

近所のおかみさんが気の毒そうに教えてくれた。

返事をするでもなく、小桃はぼんやり立ち尽くしていた。

これからどうすればいいのだろう。小桃は途方に暮れる。心身ともに小桃を守ってくれた初音がいなくなってしまったのだ。

しかも、さらに困ったことには、医者への支払いが借金として残っていた。手に職を持たぬ小桃に借金を返す手立てなどあろうはずがない。

結局、歌組とやらを作ろうと若い娘を集めていた市村竹四郎に、借金をすることになったのだった。

※

小桃は仔狐寮で暮らすことになった。

仔狐寮には、小桃の他に九人の年上の娘たちと不動という男が暮らしていた。小桃が一番の新入りで、最も年下だった。

最初は打ち解けず、お互いにつんと澄ましていたが、聞けば、他の娘たちも竹四郎に買われた独りぼっちの身の上、気づいたときには本当の姉妹のようになっていた。

ぶっきら棒で乱暴者に思えた不動も、兄のように娘たち——殊に最も幼い小桃を、不器用な仕草で気遣ってくれた。

不動を交えた小桃たちは、十一人の家族のように仔狐寮で穏やかな日々を送った。

このまま、ひっそりと仔狐寮で暮らして行けるなら、小桃にとっては幸せだっただろうが、竹四郎は娘たちを放っておいてくれない。毎日のように舞台に立たされ、『十人の仔狐様』を歌わされた。

そして、放っておいてくれぬのは、竹四郎だけではなかった。

気づいたときには、小桃たち本所深川いろは娘は江戸中の人気者となり、中でも真ん中で歌う小桃の人気はずば抜けていた。

〝歌姫様〟。

商売上手な竹四郎は、真ん中で歌う娘をそう名づけ、さらに娘たちにちなんだ色違いの手ぬぐいを売り始めた。

「手ぬぐいの一番売れた娘を新しい歌姫様にします」

娘たちに知らせることなく、竹四郎は本所深川いろは娘の舞台で、大勢の客を前に宣言した。

昔から江戸っ子は番付というやつが大好きで、旨い飯を食わせる料理屋番付から歌舞伎の役者番付、はては近所の女房の品定めの女番付まで、何もかもに順番をつけては酒の肴にしていた。

売れた手ぬぐいの数で、娘たちの序列の決まる趣向に、番付好きの町人たちが食いつかぬわけがない。

竹四郎の狙いは当たりに当たった。

庶民でも気軽に買える安価な手ぬぐいというのもよかったのだろう。町人たちは先を争って、自分の贔屓の娘の手ぬぐいを買い漁《あさ》った。中には、手ぬぐいを買いすぎて、女房子供に愛想をつかされる男もいたという。

普通に暮らしていてもいざこざは起こるのに、赤の他人の若い娘たちが無理やりに競争をさせられて喧嘩にならぬ方がおかしい。

「小桃ちゃんは人気があっていいわね」

千草たちが、一番人気の小桃に嫌なことを言うようになった。

歌うことは好きだったが、一度として人気者になりたいと思ったことはない。千草たちや不動と仲よく暮らせればそれでよかったのだ。

「そんな姉さん……」

嫌味を言われるたびに、小桃は泣きべそをかく。

女同士に涙は通じぬと相場が決まっているもので、小桃が泣くたびに千草たちは鼻で笑う。

「泣いてもかわいいのね、小桃ちゃんは」

そんな場面を瓦版に書かれ、町の噂になったことも一度や二度ではないが、実のところ、小桃は千草たちのことを嫌っていなかった。

死んでしまった初音が母親なら、千草たち本所深川いろは娘は小桃にとって意地悪なところも含めて姉そのものだった。

竹四郎の命令で、金持ちの商人との酒席に呼ばれることもあったが、いつだって、酒も飲めず酌もできない小桃のことを庇って、

「また泣かれると、鬱陶しいわ」

と、盾になってくれた。

女の幸せは男次第と言うけれど、世間知らずの小桃の目から見ても、竹四郎は娘たちを幸せにしてくれる種類の人間ではない。

不安に苛まれながら日々を送っていたある日、金貸しの岩次という男が仔狐寮にやって来た。

挨拶もせずに、娘たちをなめ回すように見ると、竹四郎に言った。

「上玉ばっかりじゃねえか、市村の旦那」

旦那と呼びながらも、明らかに竹四郎を小馬鹿にしている口振りである。

「はい」

滅多に表情を変えぬ竹四郎が青ざめている。聞けば、竹四郎は岩次に大きな借金があるらしい。

咄嗟の時に人間の本性は出るもので、金貸しの顔を見て青ざめた竹四郎は商人としても人としても半端者なのだろう。

「手付として一人もらって行くかな」

岩次は十人の娘たちを一人一人値踏みする。世間知らずの娘たちであったが、岩次のような男が女をどうするかくらいは知っていた。散々、弄ばれた挙げ句、どこぞの岡場所に売られてしまうのが関の山だろう。

震え上がって、何も言えない娘たちを守ろうとしてくれたのは不動だった。

不動は岩次に言う。

「闇雷の親分さん、娘を連れて行くのは、勘弁してやってくれませんか」

「おめえが不動さんかい？」

岩次の目が、すうと細くなった。蛇の道は蛇。岩次は喧嘩上手の不動の名を知っているらしい。

「へえ」

不動は静かにうなずき、言葉を重ねる。

「十人いねえと舞台になりやせん」

「知ったことかッ――と、言いてえところだが、本所深川の不動に頭を下げられちまったら、無理は言えねえ」

わざとらしく岩次はため息をついて見せる。

「親分さん、かたじけねえ」

頭を下げる不動を、岩次は遮る。

「礼を言うのは早えぜ、不動」

岩次は竹四郎に目を移す。

とたんに、竹四郎は無言になった。よほど厳しい借金の取り立てを受けているのだろう。

岩次は竹四郎に言う。

「金貸しは銭を返してもらうのが仕事だ。そいつは分かってますよね、旦那」

できの悪いからくり人形のように、竹四郎がこくりこくりとうなずく。岩次に言葉を返すこともできぬようだ。

「来月の晦日《みそか》まで待ってやる。それまでに銭を作れ」

言い捨てると、子分たちを引き連れ、岩次は仔狐寮から帰って行った。

間の悪い沈黙の後、いつもの能面顔に戻った竹四郎は誰にともなく言った。

「人と会う約束があるので、あたしも帰ります」

この日、竹四郎が会いに行った相手というのが、鵙屋のお琴だった。

3

竹四郎が何を企んでいるかも、すぐに分かった。

お琴を本所深川いろは娘の看板とし、今まで一番人気だった小桃を吉原の遊廓に売って借金を岩次に返すつもりなのだ。

このとき、娘たちは不動を交え、仔狐寮の赤狐の間でぬるい茶を飲んでいた。

「小桃ちゃんが一番高く売れるでしょうしね」

小豆が言う。

「市村様もよく考えるわね」

千草が感心している。

竹四郎の算盤が正しければ、小桃一人が売られるだけで借金を返せる上に、本所深川いろは娘に銭を稼がせ続けることができるのだ。

「市村様は、何も分かっちゃいねえぜ。そんなに上手く行かねえよ」

不動は鼻を鳴らす。

「え？　どうして？」

小桃は聞く。

遊廓に売られるのは嫌だが、それで他の娘たちが今まで通りに暮らせるなら我慢しよう。小桃はそう思っていたのだ。

竹四郎や小桃の世間知らずに呆《あき》れるように、不動は言う。

「闇雷の岩次が、そんなもんで料簡《りょうけん》するわけがねえ」

仔狐寮にやって来るまで、日の当たらぬ世界とやらで、いくつもの危ない橋を渡って生きて来た不動は、岩次のような男のやり口を嫌というほど見て来たという。

「一文なしになるまで、市村様をしゃぶるつもりさ」

不動は断言する。

賭場の借金なんぞ、金貸しの思い通りに利息をつけることができる。言われるがままに、岩次の用意した証文に爪印を押した時点で竹四郎の破滅は決まっていた。

何だかんだと文句をつけ、本所深川いろは娘全員を手に入れるまで諦めはしないだろうと不動は言うのだった。

不動は聞く。

「逃げちまうかい」

「逃げたところで、生きて行けないわ」

冷めた口調で、小豆が答えた。

寺子屋の女師匠の手伝いをしているだけあって、娘たちの中では小豆が世間様とやらを最もよく知っている。

一同の視線を集めながら、小豆は言葉を続ける。

「無宿《むしゅく》に仕事なんかないわ」

娘たちは竹四郎の奉公人である。竹四郎に無断で逃げ出せば、欠落《かけおち》となり人別帳から除かれ、罪人扱いをされることになる。

無宿となれば正業に就くのは難しく、それこそ娘の身では夜鷹《よだか》にでもなるしかない。

「どちらにしたって、行き着く先は同じよ。遅いか早いかの違いね」

千草も肩を竦めた。自分のことは自分が一番よく知っている。

芸は身を助けるというけれど、半端な芸は逆に命取りとなる。

江戸の町に芸達者は多く、正直なところ、小桃以外の娘たちより歌の上手い娘などいくらでもいた。言ってしまえば、本所深川いろは娘は小桃と目新しさだけで保っているようなものである。

男は若い娘に弱いと相場が決まっている。そして、女は毎日のように休むことなく生まれ続けているのだ。このまま本所深川いろは娘を続けることができても、いつかは新しい娘に取って代わられる。

行くも地獄、帰るも地獄。娘たちの人生は闇に包まれ、抜け出す方法など、どこにもないように思えた。

娘たちはすっかり顔を暗くした。無宿や芸人のなれの果てをよく知っているだけに、不動も慰めの文句一つ言えずにいる。

「姉さん……」

小桃が重苦しい空気に困り果てて口を開きかけたとき、その言葉を遮って、千草が命令口調で言った。

「小桃ちゃん、あなたが死ねばいいのよ。死になさいな」

「え……」

何を言われたのか、小桃には分からない。

前に、千草が静かに笑った。
茶に眠り薬でも混じっていたのだろう。すうと小桃の気が遠くなった。気を失う寸
急に舌がもつれ始めた。
「死ねって――」

※

気づいたときには、本所深川の外れにある〝鬼寺〟と呼ばれる破れ寺に寝かされていた。

（本当に死んでしまったのだろうか）

静まり返っている鬼寺の中で、小桃は思う。

貧乏人や小桃のような銭で買われた娘で鬼寺を知らぬ者はいない。小桃も、死んだらここにやって来るのだと娘たちに聞かされ、何度か足を運んでいる。

生きているだけで銭がかかるのが人というものだが、面倒なことに死ぬときにも、葬式だ墓だと銭が必要になる。

葬式代も墓もない貧乏人たちは、供養と言いながら、鬼寺に親や子、連れ合いの亡

骸を捨てるのだった。

「鬼寺に捨てた死骸は鬼が喰ってくれる」

そして、鬼に喰われることが供養になるというのだ。貧乏人たちは言い伝えを信じ、鬼寺の無縁塚に死骸を捨て続けている。

小桃が千草たちに殺され、鬼寺の無縁塚に捨てられたと言うのも、納得のいくことだった。

鬼寺のお堂の中にいても、雨音が聞こえる。

ずきりと頭が痛んだ。死人の頭が痛むなどという話は聞いたことがないので、どうやら、ここは極楽でも地獄でもなく、人の棲む現世であるらしい。

外の様子を見ようと立ち上がったが、窓や戸を押してもぴくりともしない。

ただでさえ青ざめている小桃の顔から、さらに血の気が引く。

「まさか、干殺し……」

恐ろしい言葉が小桃の口から零れ落ちた。

人を殺せば地獄に堕ちる。江戸の町では子供でも知っていることだ。

殊に遊女や本所深川いろは娘のように、厳しい境遇に生きる者は、厭穢欣浄《えんえごんじょう》、苦悩の多い穢《けが》れた現世を厭《いと》い、安楽な世界である極楽浄土に行くことだけを心の支えに生きている。

どんな理由があろうと、千草たちが小桃を殺すわけがない。

(でも……)

千草たちと同じ苦しみを持つ者として小桃は思う。

鬼寺のお堂に閉じ込めることと、直接殺すことは違う。小桃がお堂で飢え死んでも、千草たちが殺したことにならぬ気がするのだった。都合のいい話だが、若い娘たちにしてみると、理屈など通っていればそれでいい。

皆のために死ぬのは構わなかった。親も家族もなく、生きていても仕方がない。あの世とやらで初音に会えるかもしれぬ。悪い話ではない。

しかし、不動や本所深川いろは娘たちが、小桃を殺そうとする理由が分からなかった。小桃が死んだところで、何一つ解決になっていない。本所深川いろは娘たちの運命は風前の灯のままである。

小桃は崩れ落ちるように、お堂の床にぺたりと座った。

外に出るすべもないのだから、床に座る他、小桃にできることはなかった。絶望しているはずなのに、腹の虫が惨めな音で鳴いた。

どのぐらいの時間がたっただろう。鬼寺のお堂の闇に目が慣れたころ、おかしなものに気づいた。

鬼寺のお堂の隅に握り飯と水筒が置かれているのだ。

飢えと渇きに苦しんでいた小桃は貪るように握り飯を食い、水を飲んだ。無愛想ながらも、いつも小桃たちに気を遣ってくれる不動の顔が小桃の脳裏に浮かんだ。こんなときだというのに、なぜか、ほんの少しだけ小桃の胸が温かくなった。

小桃が満腹になっても、握り飯と水は残っている。干殺しにするつもりではなさそうである。

「いったい、どういうことなの……」

小桃には分からない。

鬼寺のお堂の中では時を知らせる鐘の声が聞こえなかった。

外の景色を見ることもできず、お堂に閉じ込められてから、どれくらいの時が流れたのか見当もつかずにいた。

鬼寺の屋根を叩く雨音が、強くなったり弱くなったりをくり返しているだけだった。

ただ、ときどき、雨音を縫うようにして、大八車の音が聞こえる。

小桃が鬼寺のお堂に閉じ込められている間にも人は死に、そして無縁塚に捨てられているのだろう。

大八車の音が聞こえるたびに、小桃は手を合わせた。

※

さらに時がすぎた。外の見えぬお堂にいる小桃には分からないが、もしかすると日にちが変わったのかもしれない。

信じられないほど大きな雨音が聞こえる日のことである。何の前触れもなく、鬼寺のお堂の戸ががらりと開いた。

ずぶ濡れの不動が立っていた。何があったのか分からぬが、整った顔は血の気を失い、足がよたよたともつれている。

「兄さん、大丈夫ですか」

聞きたいことは山ほどあったが、最初に小桃の口から飛び出したのは、不動を気遣う言葉であった。

しかし、不動は返事をせず、いきなり頭を下げた。

「小桃、すまねえ」

「え？」

これまで人に頭を下げられたことなどなかっただけに、小桃はどうしていいのか分からない。

戸惑う小桃に不動は言葉を続ける。

「今すぐ来てくれ」

不動の言うことは訳が分からない。小桃はきょとんとする。

それでも、とりあえず聞いてみた。

「どこに行くのですか？」

「いいから来てくれ。今は説明している暇はねえ」

いつも冷静な不動が慌てている。

不動に引っ張られるようにして、小桃は雨の鬼寺を後にした。

4

不動の父は腕のいい大工の親方だった。

仕事さえあれば、腕一本で銭を稼げる大工は、宵越しの金は持たねえと男伊達を気取った挙げ句、お決まりの酒や女、博奕で身を持ち崩す者も多い。

そんな大工連中の中、不動の父は女房に死なれてから独り身を守り、岡場所どころか酒の一滴も飲まなかった。

「遊びはおめえが一人前になってからさせてもらうぜ」

と、口ぐせのように言っていた。

不動も大工になるつもりで、物心ついたときから父に鉋《かんな》や鋸《のこぎり》を仕込まれた。

十三のときには、父の口添えもあって、不動はいっぱしの大工仕事をしていた。

「まだまだひよっ子だよ、おめえは」

口先ではそう言いながらも、不動の大工姿を見て、父は目を細めていた。

子供が一人前に近づくほど親は老いて行くのが世の運命というやつで、不動の腕が上がるたびに父の白髪は増えていった。気づいたときには、ちょっとした風邪や怪我で寝込むようになっていた。

「もう現場はやめておけよ」

不動だけでなく大工仲間も言ったが、父は首を縦に振らなかった。

「半人前のせがれに任せられるかよ」

男手一つで育てた不動と、一日でも長く一緒に大工仕事をしていたいのだろう。父は現場から退こうとしなかった。

不動も父に一人前になった自分の姿を見てもらいたかった。

しかし、親子の情愛も時の流れ、殊に老いとやらには勝てぬもの。

不動が十八になった年の昼下がり、足を滑らせ、父は屋根から転げ落ちた。

「おとっつぁんッ」

打ちどころが悪かったのか、不動の悲鳴の中、父はあの世とやらへ行ってしまった。

父一人、子一人で他に身寄りのない不動だったが、父の仕込んでくれた大工の腕は本物で食うに困ることはなかった。

不動が娘と恋に落ちたのは、ひらひらと桜の花びらの降る春のことだった。

大工仲間と花見に行った大川堤の茶屋で働いていたのが、不動より三つ年下のつむぎだった。

つむぎは派手な女ではない。家で縫いものでもしているのが似合いそうな地味な娘だった。口の悪い連中に言わせると、明日になれば、どんな顔をしているか思い出せぬ類の娘らしい。

大工仲間には女好きの若い男もいたが、誰一人として、つむぎを気にする者はいなかった。

ましてや、不動は稼ぎもある上に、大工仲間でも一番の二枚目として通っており、娘たちに言い寄られることも珍しくない男である。誰がどう見たって、地味なつむぎとは釣り合わない。

しかし、恋は思案の外。

いつの間にか不動はつむぎに惹《ひ》かれ、気づいたときには恋仲になっていた。つむぎなしには一日たりとも暮らせないと、不動は思い詰めていた。

かつての不動と同じように、つむぎは父と二人で暮らしているという。

つむぎの不幸は、その父親にあった。

本所深川では珍しくないが、つむぎの父は酒飲みの博奕打ちだった。つむぎの稼ぐ雀の涙ほどの銭も、酒と博奕に使ってしまう。死んでしまった不動の父親とは、正反対の道楽者である。

酒と博奕に狂った男の行く末など知れ切っている。

ある夜、どこぞの賭場の帰りに匕首で脇腹を刺され、大川に死骸となって浮かんだ。ただ死んでくれたなら、つむぎにとっては悪い話ではないが、迷惑な男はどこまでも迷惑だった。つむぎには信じられぬほどの借金が残った。

つむぎは不動に相談することなく、岡場所の女郎となった。

不動がすべてを知ったときには、何もかもが手遅れだった。若い不動のことで、つむぎを身請けするほどの銭もない。

恋は盲目とはよく言ったもので、死んでしまった父に似て一本気で融通の利かぬ不動は茨の道を選んだ。

大工の職を捨て、つむぎが売られた岡場所の若い衆となったのだ。

「馬鹿か、おめえは」

大工仲間には呆れられた。

「女なんぞ、他にいくらでもいるだろうが」

不動だって他人事なら、同じ台詞を言ってやったに違いない。

しかし、これは他人事ではない。おのれの身に起こったことなのである。

不動はつむぎから離れたくなかった。たとえ、好いた女が他の男に抱かれていようと近くにいたかった。

女郎が客を取っている間、岡場所の薄暗い廊下に控えているのも若い衆の仕事の一つである。

薄い壁の向こうで、つむぎが見知らぬ男に抱かれている間、不動は薄暗い岡場所の廊下に立っている。

「これでいいんだ」

自分に言い聞かせるように、岡場所の廊下の隅で、不動は何度も呟いた。

ときどき、女郎の歌が不動の耳にも聞こえてくる。

普通のおかみさんになりたいと願っているのか、この世から消えてしまいたいと嘆いているのか、女郎は同じ文句ばかりをくり返し口遊む。

一人の仔狐が一人ぼっちで暮らしていたが、
歌うたいと結婚して、誰もいなくなった
泣いているような歌声を聞いても、不動にはどうすることもできない。

※

客に抱かれることを拒み、岡場所の主人から手ひどい折檻《せっかん》を受けた夜、つむぎは首をくって死んでしまった。

つむぎが死んだのは自分のせいだ。不動はそう思っている。いくばくかの銭を受け取り、見知らぬ男に抱かれるのが女郎である。打ち捨てられた人形のように心をなくさなければ、耐えられる仕事ではない。自分に惚れて、堅気の職まで捨てた男が近くにいては、人形になることなどできやしない。少なくとも、つむぎにはできなかったに違いない。

死んでしまった女郎の亡骸を大八車に乗せ、鬼寺に捨てるのは不動の仕事である。これまでも、不動は何人もの女郎の亡骸を鬼寺の無縁塚に捨てている。つむぎを折檻した主人を匕首で刺し殺した後、不動は好いた女の亡骸を鬼寺の無縁塚に捨てた。

極楽に行ったはずのつむぎと違い、不動の行く先は地獄しかない。あの世とやらでも、不動はつむぎと会えぬだろう。

その日から不動は荒れ、竹四郎に拾われるまで、何人もの破落戸どもを殺した。商売敵を暴力で脅かしたこともある。

竹四郎のような半端な男に使われているのは、本所深川いろは娘につむぎの姿を見ているからなのかもしれないと思うこともあるが、正直なところ、不動自身にもよく分からぬことだった。

5

今回の一件では、不動も騙《だま》されていた。

娘たちはともかく、竹四郎は至るところで恨みを買っている。とばっちりを受けて、娘たちが殺されたと思ったのだ。

しかし、事件の真相は、まるで違った。

「焼きが回ったようだぜ」

小桃を連れての大雨の中、不動は舌打ちする。

本所深川中の元締めたちが一目も二目も置く不動ともあろう男が、歌うたいの小娘どもに担がれていたのだ。

小桃が岩次に狙われている。そう言ったのは千草だった。

「小桃ちゃんを隠しましょう」

今、思い出しても、千草が嘘をついていたようには思えない。実際、本所深川いろは娘を一目見たときから、岩次が小桃を我がものにしようとしているのは、本当のことなのだ。

岩次という男の執念深さは、不動もよく知っている。

町場の娘だろうが武家の妻女だろうが、気に入った女は自分のものとし、万一、手に入らぬときには命を狙うのだ。岩次ならば、舞台の最中だろうと真夜中だろうと、小桃に毒牙を伸ばしかねない。

仔狐寮で娘たちの世話をすることも多いが、本来、不動は竹四郎の用心棒である。四六時中、娘たちのそばにいるわけではない。執念深い岩次から小桃を守り切る自信はなかった。

娘たちは竹四郎を頼るつもりはないらしい。

（当然だ）

不動は思う。

竹四郎のことを「本所深川いろは娘の生みの親」と持て囃す者もいたが、不動に言わせてみれば、つむぎに折檻をした岡場所の主人と一つも変わりがない。

娘たちは金稼ぎの道具で、守るために一銭だって銭をかけるつもりはないのだ。遊女が病気になっても、岡場所の主人が医者に診せぬのと同じ理屈である。

唐突に千草は言う。

「小桃ちゃんに死んでもらいましょう」

「おい」

慌てる不動を千草は手で制し、人の悪い笑みを浮かべた。

「狂言ですよ、不動兄さん」

聞いてみれば、至って簡単な話だった。

まず、小桃を行方不明にし、自死したという噂を流す。それから、鬼寺の無縁塚から小桃に似た背格好の娘の亡骸を盗み出し、大川に捨てるというだけの計画である。

「ずいぶん雑だな」

そんなもので上手く行くわけがない。世間知らずの小娘の浅知恵だ。不動は顔をしかめた。

千草は暗い笑みを浮かべて言う。

「雑でいいのよ。歌うたいが死んだって、誰も気にはしないわ」

しかも、今は大雨のせいで役人たちは大忙しである。千草の言うように、役人が歌うたいの小娘の自死を詳しく調べるとは思えなかった。

それでも、やはり千草の言うことは穴だらけに思える。

不動は言う。

「別人だって、すぐにバレちまうだろう」

そんなに都合よく、小桃に似た娘の死骸が手に入るとは思えない。

「顔の見分けなんぞつかないわ」

千草は肩を竦める。

これも千草の言う通りだった。

溺れ死んだ者の死体のことを、あんこ型の相撲取りの名にちなみ土左衛門《どざえもん》というが、子供であろうと娘であろうと、溺れ死ねば醜く身体が膨れ上がる。

さらに、腹を減らした大川の魚に喰われ、親が見ても分からぬほどの人相になることも珍しくなかった。

「どうせ、死骸を見るのは不動兄さんの仕事ですよ」

確かに、竹四郎が溺死体の身元確かめなんぞに行くはずはない。

「女ってやつは、おっかねえな」

不動のため息混じりの言葉に、千草が小さく笑った。

いっそう恐ろしいことに、この時点では、千草は計画のすべてを不動に打ち明けていなかったのだ。

6

最初は、何が起こっているのか分からなかった。次から次へと、娘たちが『十人の仔狐様』の歌詞の通りに死んで行くのだ。

呆然とする不動を、千草は真夜中の裏庭に呼び出した。

さらさらと雨の降る中、千草は傘も差さずに立っていた。

嫌な予感で全身が焦げるほど熱かった。つむぎといい、この娘たちといい、何をしでかすか分からぬ怖さがあった。

「何か用か」

わざとぶっきら棒な声を出した。

千草は雨に濡れながら、観音様のように穏やかに微笑《ほほえ》むと不動に言った。

「狂言の本番ですわ、不動兄さん」

「何だと」

聞き返す不動に、千草はとんでもない計画を打ち明けた。

娘たちの死は、紛れもない、本物の自死であるというのだ。しかも、娘たちは相談の上、芝居がかった方法で死んでいるのであった。

「なぜだ。なぜ死ぬ」

不動の声は掠れていた。

「極楽往生するためですわ」

千草は言った。

不動には千草の言っていることの意味が分からない。無言になった不動を見て、千草は言う。

「遅かれ早かれ、わたしたちは遊廓に売られますわ」

「そいつは――」

違うと言ってやりたかったが、おそらくは千草の言う通りなのだ。ろくに修業もしていない若いだけが取り柄の娘たちが、死ぬまで歌をうたって食っていけるわけはない。寺子屋に行った小豆だって事情は同じだ。女師匠が死んだ後、歌うたい上がりの小娘が、一人で食っていけるのかといえば疑問である。

年季が明けても娑婆《しゃば》には居場所がなく、吉原に住み続ける遊女は珍しくない。銭で売り買いされた千草たちが、おのれの身の行き着く先を遊廓と考えるのも無理のない話だった。

「遊廓に売られたら、極楽に行けなくなるかもしれません」

千草は肩を落とす。

遊廓には厳しい掟《おきて》がある。例えば、吉原では、主人に逆らうことも、他の遊女の客に手を出すことも禁じられている。

万一、遊廓の掟を破り、そのまま死ぬようなことがあると、遊女たちは素裸にされ、荒菰《あらこも》に包まれ、犬猫のように捨てられる。投げ込み寺に捨てられる遊女は、まだよい方で、吉原遊廓をぐるりと囲むお歯黒溝《はぐろどぶ》に投げ捨てられることもあるという。

いずれにせよ、ろくに供養されず、犬猫のように扱われるのだから、畜生道に堕ちるのは必定である。言ってしまえば、廓の主人の心一つで、遊女は畜生道に堕ちるのだ。

早く死なないと畜生道に堕ちる――。千草はそう言いたいのだろう。

「ついでと言っては悪いですが、鵙屋お琴を破滅させるためですわ」

千草は芝居がかった口振りで言った。依然として、千草の顔には穏やかな笑みが浮かんでいる。

竹四郎がお琴という娘に、ご執心であることは知っていた。

お琴の歌声は聞いていないが、本所深川小町と呼ばれるだけあって、見かけだけなら小桃よりも格段に美しい。

美醜はしょせん人の好みだが、本所深川どころか江戸中をさがしたって、お琴ほど美しい素人女は滅多にいないだろう。

「だから、邪魔」

千草はぼそりと言う。

この点については、千草の言うことはよく分かる。お琴がいるからこそ、竹四郎は小桃を売ろうと思ったのだろう。

「殺して来てやってもいいぜ」

自分の言葉に不動は驚いた。破落戸相手ならともかく、美しいというだけで何の罪もない娘を殺そうというのだ。

それでも、不動は吐き出した言葉を取り消さない。娘たち——殊に小桃の姿がつむぎに見えることがあった。

あのときは守れなかったが、今度はどうあっても守ってみせる。いつのころからか、不動はそう思っていた。

「人殺しなんて、とんでもない。地獄に堕ちますわ、不動兄さん」

千草が慌てたように言う。

金で買われた女の常で、娘たちが地獄に怯え極楽に憧れていることを不動もよく知っているが、千草の言っていること、そして娘たちのやっていることの意味が分からない。

怪訝顔の不動に千草は言う。

「お琴姉さんは、人殺しとして役人に捕まえてもらいます」

自死と分からぬように、次々と娘たちが死に、疑いの目をお琴に向けさせようというのである。

もちろん、よく調べればお琴が犯人でないことは分かるだろう。

しかし、いったん立った噂はぬぐえない。野次馬というやつは、自分の信じたいことしか信じないようにできている。

火のないところに煙は立たぬというが、歌うたいの娘たちは、火のないところに煙を立てようというのだ。

娘たちの細腕で人を殺すことは難しい。他人を殺すより自分が死ぬ方が楽だろう。

だが、

「死ぬことはねえだろう」

不動は言った。

「もう始めちゃいましたから」

千草は肩を竦める。

すでに、何人かの娘は命を絶っている。世間様とやらを騒がせたのだから、ここでやめても真相が明るみになれば、娘たちもただでは済むまい。少なくとも、今までのように歌をうたって暮らすことはできないだろう。

そして、千草たちが命がけの狂言芝居をやめぬ理由は他にもあった。

「小桃ちゃんのために死ぬのだから、きっと極楽へ行けます」

よいことをすれば極楽に行き、悪いことをすれば地獄に堕ちる。世間を知らぬ娘たちは、幼い子供のように極楽往生を信じていた。極楽を信じる者にとって、死ぬことなど少しも怖くないに違いない。

だが、それでは嘘をつくことになるのではないか。嘘つきは地獄で舌を抜かれるという話を、ふと思い出した不動の心を読んだように、千草は言う。

「狂言芝居ですが、神様には分かるはずですわ。だって、仮名手本いろは娘ですもの」

千草は流行の歌舞伎芝居である『仮名手本忠臣蔵』と、本所深川いろは娘の名をかけている。

現世の無情を歌った、いろは四十七文字を七文字ずつで区切ると、「とかなくてしす」、つまり「咎《とが》なくて死す」という文字が浮き上がる。

いろはにほへと　ちりぬるを
わかよたれそ　つねならむ
うゐのおくやま　けふこえて
あさきゆめみし　ゑひもせす

本所深川いろは娘の名そのものに、「誰も殺さず死ぬ」という言葉が隠されていると千草は言いたいようだ。

歌うたいの娘らしい芝居がかった考え方だが、それでも、やはり不動には分からないことがある。

「なぜ、小桃のためにそこまでするんだ」

すると、突然、千草は『十人の仔狐様』の最後の文句を歌い始めた。

一人の仔狐が一人ぼっちで暮らしていたが、

歌うたいと結婚して、誰もいなくなった

不動の顔をまっすぐに見つめながら、千草は言う。

「小桃ちゃんと一緒になってくださいな」

不動の胸がずきりと痛んだ。

年ごろの娘らしい敏感さで、不動が小桃のことを守ろうとしていることに、千草は気づいていたのだ。つむぎのことを知らぬ千草には、不動が小桃に惚れているように見えたのかもしれない。

不動自身、小桃に惚れているのかどうか分からないが、小桃の顔につむぎが重なり、咄嗟に千草の言葉を打ち消すことができなかった。

結婚をするのが一番の幸せと考える娘たちは多い。殊に、銭で売り買いされた娘たちは普通の生活に憧れる。

千草たちにとって、小桃は末の妹のような存在である。生き馬の目を抜く江戸の町でも、幼い家族のために命を投げ出す者は珍しくない。千草たちも、小桃の幸せのために命を捨てようとしているのだ。

唐人神社へお参りするたびに、千草たちが自分自身の幸せよりも、小桃が安楽に暮らせるよう祈っていることを不動は知っている。

「わたしたちは、あの世とやらで、みんなで仲よく暮らします」

千草は言った。

その言葉に嘘はなく、一人また一人と娘たちが死んで行く。途中で不動も姿をくらまし、娘たちの手伝いをした。

誰かが死ぬたびに、娘を模した仔狐人形が消え、歌の文句を書いた和紙が現れる。歌うたいの娘らしい芝居がかった道具仕立てだが、それだけに不気味だった。

千草たちの考えた通りに物事は進み、お琴が奉行所に呼ばれる噂が立った。歌をうたおうとしないこともあって、町場でも、お琴の評判はがた落ちである。

それなのに、お琴はさほど追い詰められているように見えない。その理由は馬鹿でも分かる。周吉という手代のせいである。

見かけばかりの二枚目で、野暮で軟弱そうな男のくせに、周吉とやらはお琴を必死に守ろうとしていた。しかも、岡っ引きとも知り合いらしい。娘たちの命がけの狂言芝居を嗅ぎつけるかもしれぬ。

「目ざわりな野郎だぜ」

江戸の町が沈みそうな大雨の中、不動は周吉を襲った。

これまで不動は喧嘩に負けたことがない。ましてや、相手は堅気の商人の手代風情である。勝負は一瞬でつくはずだ。

しかし、地べたに這《は》い蹲《つくば》ったのは不動の方だった。何があったのか分からないが、全身に痛みが走り、すうと気が遠くなった。

気を失う前に、狐の鳴き声が聞こえたような気がした。

※

叩きつけるような激しい雨音が聞こえた。

目をさますと、不動は仔狐寮の赤狐の間に転がっていた。

「ふざけやがって」

不動の口から悪態が漏れる。

何があったのかよくおぼえていないが、周吉は不動を倒した上に、雨に濡れないように屋根の下まで運んでくれたらしい。

「ぶっ殺してやる」

腹立ち紛れに吐き捨てたとき、見知らぬ一人の町娘が仔狐寮に駆け込んで来た。

「何だ、おめえは」

不動は町娘に聞く。すると、

「助けてくださいッ」

濡れ鼠の町娘は雨風で乱れた髪を直しもせず不動に縋りつくと、悲鳴を上げるように言った。

「大川の水が溢れそうなんです」

かつての大水を防いだ唐人神社の伝説とやらを信じている一人だろう。何のつもりか、町娘は必死の形相で不動に頭を下げ続ける。

先刻、千草が唐人神社の舞台で死んだ。仔狐寮に歌うたいはもう一人もいない。

しかも、不動は唐人神社の伝説なんぞ、まるで信じていなかった。どこまで本当なのか分からぬ昔話を、竹四郎が商売に利用しただけである。

だから、町娘に言ってやる。

「早く逃げた方がいいぜ」

大川が氾濫すれば、このあたり一帯は大水に飲み込まれてしまうだろう。娘など一たまりもあるまい。

「行く場所なんてない」

町娘はぼそりと言った。町娘の家には、病気の両親が寝ついていていて動かすことはできないという。

「馬鹿か、おめえは。自分の命が一番大切だろうが」

「だって」

町娘は泣きべそをかく。

「面倒くせえ娘だぜ……。仕方ねえ。歌うたいを連れて行くから、おめえは先に大川に行ってな」

不動はそう言うと、よろける足取りを無理やりに動かして鬼寺へ向かった。町娘も、雨に打たれながら大川堤へと走って行く。

不動と町娘が立ち去った後には、琴柄の仔狐人形がぽつんと残されていた。

終

小桃の長い話が終わっても、誰一人として口を開こうとしなかった。

本所深川の町人たちは、お天道様を眩《まぶ》しそうに見上げている。町人たちの姿は何かを考えているようでもあり、同時に、まるで何も考えていないようにも見える。暖かい日射しが大川堤に満ちていた。

「あの……」

再び、おずおずと小桃が口を開きかけたとき、ざらりとした嫌な声が大川堤に響いた。

「生きてやがったのか、小桃」

姿を見せたのは、闇雷の岩次だった。大川の惨状を高みの見物と洒落込んでいたらしく、少しも汚れていない。

岩次は言う。

「こっちへ来ねえ、小桃」

今日が借金返済の期日であった。竹四郎は返せなかったようだ。

不動が間に割り込む。

「闇雷の親分さん、小桃に手を出さねえでもらえやすか」

「借金を返せねえんだから、貰って行くぜ」

岩次の言葉に、手下の破落戸どもが一斉に匕首を抜いた。どこに行ったのか、今回にかぎって蜘蛛ノ介の姿は見えない。

「耳を揃えて銭を払うなら、勘弁してやるぜ」

岩次は嘯《うそぶ》く。

不動は引かぬが、多勢に無勢、小桃が金貸しどもに連れ去られるのは時間の問題に思えた。

――おいらが嚙《かじ》ってやろうか。

周吉の懐から、オサキがちょこんと顔を出した。

血腥《ちなまぐさ》い荒事は好みではないが、小桃を救うためなら仕方ないかと周吉が思いかけたとき、泥だらけの一人の町人が前に出た。

「銭なら差し上げますよ」

そう言ったのは、鵙屋の主人・安左衛門だった。すぐ後ろに安左衛門の女房・しげ女の姿も見えた。

突然の見知らぬ商人の言葉に、一瞬、岩次は驚いた顔を見せるが、そこは賭場の金貸しである。

薄っぺらい笑みを浮かべて、岩次は安左衛門に言う。

「端金《はしたがね》じゃねえぜ。小さな商人なんぞ、身代ごとなくなるぜ」

店を取られると言われても、安左衛門は引かない。泥まみれの顔で岩次に言い返す。

「欲しければ、店なんぞ差し上げますよ、金貸しの旦那。自分の身代なんて小さなものを守るために、あたしたちは泥だらけになってるわけじゃないんですよ」

大川堤中が水を打ったように静まり返った。何人かの町人たちは、安左衛門の言葉にうなずいている。

安左衛門は言う。

「本所深川と町の仲間たちを守るために、男衆も女衆も命を捨てて土嚢を積んでいるんですよ」

「あんだと？」

岩次には安左衛門の言葉の意味が分からないのだろう。不機嫌そうな顔で安左衛門を見ている。

安左衛門は言葉を続ける。

「本所深川を守るために歌をうたってくれた小桃は、もう立派な仲間なんですよ、金貸しの旦那。命や身代を取られたって、大切な仲間を見捨てることなんぞ、あたしにはできませんね」

真っ先に動いたのは弥五郎だった。安左衛門の隣にやって来ると、破落戸どもを睨みつけた。それを見て、一人また一人と大川堤に集まっていた町人たちが、安左衛門と小桃のそばに歩み寄って来る。

岩次と手下の破落戸どもが、泥だらけの町人たちに圧倒され、後退《あとずさ》り始めた。それでも、破落戸は破落戸なりに面子《めんつ》とやらがあるのか、今にも町人たちに襲いかかりそうにも見える。

「ふざけやがってッ」

怒声を上げながら、岩次が匕首を抜いた。破落戸どもも匕首を構える。

——ちょいと、おいらも行ってくるねえ。

止める間もなく、周吉の懐からオサキが鉄砲玉のように飛び出した。

そして、岩次の土手っ腹に体当たりし、一間余りも吹き飛ばしてしまった。

「な、な、なんでえ」

オサキの姿が見えぬ岩次が尻もちをつきながら、目を白黒させる。

それまで黙っていたしげ女が、ぼそりと言った。

「唐人神社のお狐様の祟りですよ」

「馬鹿なことを言ってんじゃねえ」

と、言いながらも岩次の顔は青ざめている。立ち上がりはしたものの、尻についた泥を払おうともせず、きょろきょろと周囲を見回している。

「信じるか信じないかは親分さんの勝手ですが、気をつけてくださいな」

しげ女の言葉に応えるように、金貸しと破落戸どもにだけ聞こえる声でオサキが邪悪に笑った。

――ケケケケッ。

「ひいッ」

悲鳴を上げて、岩次と手下の破落戸どもは逃げて行く。さすがの金貸しも祟りは怖いらしい。

――だらしない連中だねえ。

金貸しどもを嚙りたかったのか、オサキはがっかりしている。

その一方で、虚勢を張っていたのか、弥五郎が地べたにへたり込む。町人たちも安堵のため息をついている。

——こっちもだらしないねえ。

オサキは言うと、周吉の懐に戻って来た。

やがて、岩次たちの姿が見えなくなると、小桃がおずおずと口を開いた。

「あの……、わたし……」

小桃の言葉を遮るように、安左衛門は言う。

「大丈夫だと思いますが、また雨が降るといけませんね。念のため、もう少しだけ土嚢を積みましょう。小桃さんに不動さん、あなたたちも本所深川の町人として手伝ってくださいな」

戸惑う二人を促すように、安左衛門は大川へ向かった。

ほんの一瞬の間を置いて、小桃と不動、それに町人たちが安左衛門の後を追いかける。不動と歩く小桃の姿は歌うたいではなく、どこにでもいる町娘の一人にしか見えない。

——歌うたいはいなくなっちまったねえ。

オサキが呟いた。

大川堤では町人たちが土嚢を積んでいる。不器用な安左衛門が何度も地べたに転び、そのたびに町人たちの笑い声が巻き起こる。

いっそう泥だらけになった安左衛門を見て、しげ女が独り言のように呟いた。

「さすが、あたしの惚れた男だねえ」

参考文献

・『そして誰もいなくなった』（ハヤカワ文庫）
・『それでも江戸は鎖国だったのか　オランダ宿 日本橋長崎屋』（吉川弘文館）
・『唐人お吉　幕末外交秘史』（中公新書）
・『江戸吉原図聚』（中公文庫）

本書は書き下ろしです。

この物語はフィクションです。もし同一の名称があった場合も、実在する人物、団体等とは一切関係ありません。

宝島社
文庫

もののけ本所深川事件帖　オサキと江戸の歌姫
（もののけほんじょふかがわじけんちょう・おさきとえどのうたひめ）

2012年5月24日　第1刷発行

著　者　高橋由太
発行人　蓮見清一
発行所　株式会社 宝島社
〒102-8388　東京都千代田区一番町25番地
電話：営業 03(3234)4621／編集 03(3239)0599
http://tkj.jp
振替：00170-1-170829（株）宝島社
印刷・製本　中央精版印刷株式会社

ISBN 978-4-7966-9725-5